今泉協子詩集

Imaizumi Kyoko

新・日本現代詩文庫
128

土曜美術社出版販売

新・日本現代詩文庫　128　今泉協子詩集　目次

詩篇

詩集『海の見える窓辺で』（一九八四年）全篇

詩集『能登の月』（一九九二年）全篇

詩集『コンチェルトの部屋』（二〇〇四年）全篇

詩集『蔦の這う家』（二〇〇八年）全篇

詩集『天使のいる庭』（二〇一一年）全篇

詩集『光から届く声』（二〇一四年）全篇

I

II

詩篇

詩集『海の見える窓辺で』（一九八四年）全篇

海の見える窓辺で

はじめてのお産の時　私は痛みに驚いた　痛みの
切れ目に看護婦が　コロコロ赤ちゃんの絵を私に
見せ　私を叱りとばして出ていった

病室のドアの向うで　聞き覚えのある声が私を呼
んだ　父だ　また金の無心だと思った「お前の
退院までに必ず返すから　頼むよ」「いやだわ
入院費だわ」「ほんの二、三日だよ」「一年間ため
た貯金よ　困るわ」一番鋭い痛みがきた　お金な
どうでも良くなって通帳とはんこを父に渡した
私は　看護婦にかかえられ分娩室へ入った　まも
なく男の子を生んだ　父は病院へこなかった

あれから二十年　息子は今　私にコーヒーを沸か
している　コーヒーの香りが　ささやかな台所を
少しずつみたす　あれから父はまもなく亡くなっ
た　夏枯れの波打際に　父の靴が揃えてあった

コーヒーの香りがしめってくる　風は海から吹い
てくるようだ

単身赴任

夫が帰ってきた夜
戸口に錠をかけることを忘れ
私は眠りにおちる
部屋の空気が
夫の寝息で湿りはじめたので

私の皮膚は
少しずつ水気をとりもどし
構えていた骨が溶けてゆく

いつも見る夢の中では
死んだ赤ん坊が
乳母車から元気に泣き出すし
昔恋をした少年が枕元に立って
電話番号をおしえたりする
庭へ目を移すと
パセリのしげみの中で
めすのかまきりが
前脚でおすを押さえ
大あごを激しく動かして
首の骨を嚙み砕いている
食べることは愛することなので
おすの歓びにぬれた単眼を
最後に吞みこむと
エロスとタナトスの接点には
ひげ一本残っていなかった

翌朝　私はコーヒーを沸かし
夫のカップに
砂糖を狂いなく入れた

黒猫の目の中に

子供をなくした親猫が
ひと晩そとで鳴いていた
「白鳥《しろとり》へ行ってくるよ」*
長い月日が過ぎても
それきり帰ってこなかった父

「お父様はなも
達者でおんさるでぇ　きょう子さ」
見知らぬ女の今宵の電話は
やわらかい美濃のことばであった

猫は私の足下で鳴いた
哀しみが猫の喉を喰い破って
私の耳へ突き抜けていった

畸形の月が
私達を照らし
黒猫の目の中に
私は白鳥を探していた

＊　白鳥は岐阜県と福井県の県境にある地名。豪雪地帯で有名。

風船

わたしの恐れを
空にあずけるので
私はあなたに支えられ
すっかり身軽になる
あずけた分だけ
陽気な口笛をつめてもらえば
あとはこっちのもの
星の砂が風船を追いかける
月の餅つき唄が近くなる

腐りかけのりんごにみえる地球よ
さようなら

ばらとてんとう虫

朝　つるばらが伸びて
葉の上にてんとう虫がのっていた
てんとう虫は
恐龍のようなとかげの姿を傍に認めて
つるの非常階段を前に動けなかった
赤いばらが三輪
塀をよじのぼって
てんとう虫ととかげの
成り行きを見守っていた

デート

わたしには
悩みなどほとんどないので
仕事にけりをつけると
たましいを連れ街へ散歩にゆく
たましいは
モリスという名の男友達で
私の指を軽く握って
夕闇の雑沓へいざなう

オレンジ色のネオンが
おびただしい車と人を酔わせ
人も車も何かに憑かれて
ジグザグに歩いたり走ったりする

空色のネオンがビルの壁から噴きだすと
娘達はゆきずりの男に
胸の刺繍のさくらんぼをおどけて投げる
男は女の髪を軽くひっぱる
すれちがった僧侶の引く杖から
悦楽の余韻が流れ
娼婦がいつのまにか讃美歌をうたっている

ネオン遠くたどりついた丘は
夜露にちりばめられ
白いホテルが凍るように立っていた
モリスが目で笑って誘うので
私は寝台に横たわる
疲れた私のからだから
モリスは服を脱がせる
わたしの生きている部分が
床に散乱する

すっかりたましいになった私は
モリスの腕の中へ
斜めに歪んでとけてゆく

蟬の葬式

庭の落ち葉をはきよせ
たき火をした
燃える落ち葉にまぎれて
蟬のぬけがらがあった
焰《ほむら》に煽られ
あんなに軽く浮き上り
やすやすと灰になるなんて

猫と女

暖かい陽差しの縁側で
腰の太い女が猫を抱いている
女は猫の背中を優しく撫でるので
猫は目を細め喉を鳴らす

自分しか愛したことのない女が
人気のないのを幸いに
自分のエゴを膝にのせ
喉を鳴らす音を聞いている
猫は安心しきって目をつむり
笹の葉ずれに耳を動かしながら
あくびをした

天国へ行ったゆめ

天国へ行ったゆめを見た
白い教会の長椅子には
大勢の骸骨が坐っていて
心細そうに揺れている
見まわすと皆どこかが壊れている
手のない骸骨
片足のない骸骨
背骨の抜けたもの
それ等の欠落した部分が
風が吹くと
生前にはこたえたものだが
ここへ来ると不思議に痛みはない
ミサを知らせるオルガンが聞こえると

みんな跪こうとするが
五体が不自由なのでままならぬ
天使が看護婦なので
つき添ってひとりひとり世話をする
そのやさしい仕草は
生きていた頃の母とそっくりだ

あ　お堂のとびらが開いて
ひとりのお方が
白い塔のように姿を現わされた

宇宙人

久し振りのクラス会の帰り途
中学生の時
宇宙人という仇名のあった人から
コーヒーはいかがと誘われた
店ではレコードが低く鳴っていたが
「僕が死んだら
線香を手向けてくれませんか
貴女を想う魂が
線香の煙にくるまって
はじめてぐっすり
眠るでしょう」
レコードが高く鳴りだした
男は星のように
目をまたたいて姿を消した

その夜の夢の中に
宇宙人が現れて
わけのわからぬ呪文を唱えると
ゴンドラのような
我が家の居間が

いくぶん揺れて
夫と息子が石になり
部屋着姿の宇宙人が
ソファで新聞を読んでいる

また呪文を唱えると
宇宙人が石になり
夫と息子が生き生きと
野球の話をはじめる

翌朝　いつものように
私は紅茶をいれ　パンを焼く
昨夜の宇宙人は
星の空へ還っていったのか
雪の札幌へ帰っていったのか
居間から
明るい家族の笑い声が流れてくる

蟻は桃の枝で

蟻は桃の枝で
花を見上げていた
蕾が雲にみえた
匂いたつ雲の峯のあたりから
不意にどうと滝が落ちて
蟻の前に湖ができた
　花びらがゆれ
　露がひとしずく
　くぼみにこぼれたのであった
湖の向うに沈丁花のしげみが
ジャングルのようにつづいていた

蟻を驚かさないように

私は息をひそめ手をさしのべる
蟻には大きなてのひらが
信じられないだろう
不意に私は
もっと大きなてのひらを
背中に感じてふりむく

空は桃の花に酔って
ゆるやかに
お顔の頰をみせられた

夫婦

テレビドラマを見ていた夫が
驚いた声でいった
「あの人が〝きょうこ〟だって」

妻と同じ名前を呼ばれると
夫は落ち着かないのだ
私が微笑むと
夫は赤ん坊のように小さくなって
私のかたわらに横たわる

生れたばかりの赤ん坊が
見えない目で母を探しあてるように
あなたは私を探す
赤ん坊が母の指を握る日を
胎内から待ち侘びていたように
あなたは私の指を握りしめる
こうして私は母になり
あなたは赤ん坊になる
私とあなたは
前の世では母と子であったのだろうか

亡き子に

旅先で子供に死なれ
ねんねこで隠すようにして
死んだ子を背負い
弔を出すために汽車に乗った

汽車の中で三時間
陶器の人形をおんぶしている感じだった
座席の前の赤ん坊が
勢いよく乳を飲むのが不思議だった

背中に感じるつめたい重みが
今も残っていると
八十路を越えた母は言う
遠くで鳴くひばりの声に
耳を澄ますようにして

男と女

雪が降りはじめ
喫茶店へ入っていった二人
テーブルにお茶が運ばれる
男の視線が
娘の伏せた瞼を通って
心臓に届くと
雪明りの店の窓がひとりでに開いた
娘は明るい目を上げた
お茶が冷めたのも気づかないで
みつめあっている二人
テーブルの上にともる

ろうそくの芯が切れ
蠟が骸骨の形に固まる束の間
二人は灯《ほ》明《あか》りの暈に包まれていた

ふるさと

庭先で桜の花びらを掃き寄せていると
娘は花びらを散らし
学校へかけだして行った
私の老眼鏡がずれ
おてんばなジーパン姿は
枝垂れ桜の枝をくぐり抜けると
もう見えない

初めて日本を訪れたオランダ人は
慎しみ深い日本人に
オランダ語で「はねっ返り」を
教えたらしい
オランダ人はオンテンバール
イギリス人はアンタマブル
日本人は不思議な言葉を縮め
お転婆と楽しくつぶやいたのだろう

私のふるさとは美濃の山奥
オランダ人の目より青い川の流れる
平家の落人の里と聞いている

五月の風にハレルヤがきこえる

「お待ち申しとりました」掘り出された砂の中か
ら静かに話しはじめたのは　頸骨を切られた三体
の骸骨であった

「三百二十年前には　このあたりはたんぽぽの咲く野原やった　この古い尼寺はわし等の霊を弔うために後で建てられたもんで　今でも尼さんが一人で供養しとんさるが　中には石地蔵がようけ納めたります
この寺の西側に裏へのびる溝が昔はありましてなも　忘れもせん寛文六年の秋　わし等切支丹百人ほどがお役人に斬られて溝の中に埋められました
今では何もかものうなってしまって　わし等三体だけが残っとるのはまわりが砂地でもちが良かったんやろう　この寺の過去帳を見てくんさい　日付けも名前も分ってまえると思います　この辺の村の衆はほとんど集められてお仕置を受けました
今日は尾張から神父様がおんさって　わし等を教会に納骨してくんさるそうで幸せと思っとります
そちらから見んさると　首のない骸骨はぞっとする有様やろうが　五月の風はわし等にも心地よいもの　ほれ　たんぽぽがあそこにかたまって揺れて　皆の衆が息づいとるようや　土に還った衆が花になって喜んどるんやろう　何やら昔がよう見えてきて　桑畑の向こうからハレルヤの歌声が近づいてくるようやて」

神父と同行してきた私は　三体のお骨を清め　お骨と共に美濃から名古屋へ向かった

父は羽毛のように

生死の世界のさかいめは
こちらには見えないが
向こうからはつつ抜けにお見通しという
不思議な壁でできている

火葬炉のドアが閉まり
父の燃える音を聞いていた時
父はもう羽毛のように
軽くなって
雨上りの虹を渡り
木の葉末の露を伝って
萎れたひまわりの花びらの上で
煙草を一服吸うと
まっすぐに私の中へ
光が射しこむように
入りこんできたのだった

おとうさん!
眼鏡がずれていますよ

桜

公園の満開の桜が重なりあって
風は枝をゆすり
町を優しく押している

公園の入口へつづく
桜並木のトンネルから
女が乳母車を押して買物にでかける
からの乳母車を桜色にして

桜は公園の池で
女の涙と同じだけの花びらをこぼし
水面に花むしろを作っている

「花になったしずこよ
花びらにのって出ておいで」
女は池のほとりに立ちつくしている

紅葉と蛇

雨上りの明け方
ぬれた紅葉の幹を
一匹の小さな蛇が
のぼってゆく

幹と同じあずき色をして
絹糸のような舌を
さかんに動かし
木に溶けるように
ゆっくりのぼる

美しい紅葉が落ちていく
ひと葉ずつ死んでいく
蛇は首をあげ　みじろぎもしない

鯉のあらい

「奥さん
今日のあらいは
身がこりこりしてうまいですよ」
まないたの上で
切り落された鯉の頭が
私を憐れむようにいった
身と骨は私に切り離され
皮は無駄なくはがされた
魚の口からひとすじの血が流れ

動かなくなった
伽羅の香りが流れた

刺身を皿に盛り
家族は食卓をかこんで
忙しく箸を動かした
みるみる皿はからになった
みんなが口々にいった
「今日のあらいは
身がこりこりしてうまかったね」

エーゲの海

藍瓶をこぼしたような海よ
珊瑚や海綿や
お前のたましいが

ちらちら透けてみえるので
オリーブ色のビキニに着替え
わたしは跳び込む
潜れば眼の底が染まるほど碧い
岬の神殿の崩れた階段まで
疲れを忘れて泳ぐ
海よ　お前が私をはなさないので
ビキニだけ私の体からすりぬけ
波打際にかえっていった

鶯

鶯が庭で朝を告げている
鳥の影を映す障子に近づき
そっと隙間から覗くと
まだ固い梅の蕾の枝で

鶯は無心にうたをうたっていた
春に舌をしめらせて

その時　私の部屋の鳩時計が
不意に鳴りはじめた
人間の作った鳩の声と
神の造られた鶯の声が交り合ったのは
一瞬のことであったが
驚いた鶯は口を噤んで飛び去った

社へ舞い降りた鶯は
涌水で沐浴をはじめた

愛欲

電話のベルが
鴉の鳴き声に聞こえた晩
墓守から電話があった
土の下に眠っていた父が
いつのまにかいないという
棺桶が空いていて
花やろうそくが散らばり
まわりに人垣ができているという

七十歳をとうに過ぎて
その身は骸骨になっても
また新しい女ができて
その人の許へ行ったという

枯れたセイタカアワダチ草がつづく野原のなかほ
　どに
ぼろを敷き
身の丈ほどの枯草を壁に

破れた傘を屋根にして
一組の骸骨が契りを重ねている

北風が吹いて
セイタカアワダチ草はくの字に曲がり
軟体動物が湯浴みするような
接吻の二人を包む

その時　父は小さなせきをした

食事を作る

朝　社の境内で待っている五十羽の鳩に
私は米をまいている
天上の食事がはじまったのか
鳩は一羽残らず飛び立って
光の中に吸いこまれていった

地上の食事のために厨へ向う私
家族のために
米を磨ぎ味噌をする

私の喉を流れていった水や
胃袋へ泳いでいった魚を料理に使うので
私は少しずつ肉がやせ皮膚が乾き
智恵袋から砂がこぼれだす

そしてある日
曲った骨に皮膜のはりついた肉体が
厨の隅にうずくまり　動かなくなった時
天上の食事の物音が
かすかに聞こえてきて
私は鳩のように

飛びたってゆくであろう

父逝きて

八十歳を越えた母の読経の声は
あれからめっきり細くなり
木魚は老いた馬の蹄の音で
黄泉路をさして低くなる
ひとくぎりお勤めをすますと
母は私をふり返って
不思議な話をする

「あの人のお棺の中にぃ
あんた眼鏡と入歯を入れやぁた?
新聞読む時こまりゃあすと思って
極楽浄土の蓮の花の上でぇ
たばこの火つけやぁす時
眼鏡がきっとずれとるにぃ
あの人は九十になっても食とりのええ人
浄土へ行っても
漬物だけはほしいわさぁ
こう暑うなっては
ゆかたも一枚縫ったりたいわ」

母は幼い魂に戻って
生と死の境界を
カーテンのように開けたり閉めたり
魂は白い蝶になって
天へ上ったり　鴨居に止ったり
私は言葉を失って
骨の壊れそうな母の背を
さすっている

地蔵の涎掛《よど》け

大晦日の地蔵道で
腰の曲ったおばあさんに会う
懐から包みを差し出して
「お頼《たの》もうします
お地蔵さんの涎掛けをなもぅ
こさえてきましたでなもぅ
私の代りに掛けてあぁまして」

古いお地蔵さんの首に
目の覚める緋色の涎掛けをかえてあげると
おばあさんは礼を言って立ち去った

空から雪

ここばかりは雪さえ暖かく
桜の吹雪にみえて
涎掛けのまわりを
雪はあそびながら渦を巻く

祭り

神社の境内で
ねじり鉢巻の若い男が
全身で祭太鼓を叩いている
腰をばねにして叩くので
男のはっぴが宙にひるがえる
黒山の見物人は太鼓をとり巻いて
物のように動かない
男も女もアメリカ人も動かない
千年も動かない

祭りは千年つづいているそうだ

はじめの祭から今日まで
見物人から少し離れ
静かに見守ってきた大銀杏は
老いた幹にしめ縄をまわし
扇形の黄色い葉を無数につけている
売れ残ったおかめの面は
屋台店で主人と居眠りはじめた

桜草を抱く尼僧

人もまばらな昼下りの電車に
尼僧が桜草の鉢を膝にのせて乗っている

尼僧が眠りに落ちると
今までじっとしていた桜草が
急に騒ぎ出し身をのりだす

桜草の花びらは
尼僧の手首を優しく嚙みながら
隙をみて袖口の中へ
深くもぐろうとする
何もかも風のいたずらのせいにして

終点で尼僧は目を覚まし
立ち上ると降りて行く
桜草は墨染の衣に抱かれ
神妙に花の行列を作って
露払いをつとめる

シャボン玉

道ばたで
少年がシャボン玉をとばしていた
シャボン玉は
風にのり　一群となって
塀の角を曲がっていった

塀の向うでは
一陣のつむじ風が渦巻いていて
シャボン玉は
草の貌《かお》をうつしてこわれ
石の貌をうつして歪み
おのれの貌をほのかに
うつしたような気がして
呑まれていった

風が落ちて
黒猫が足音をしのばせ通り過ぎていった

マンモスアパート

放流された鮎の稚魚よりも素早く
朝の光が
マンモスアパートの窓におどりこむと
無数のカーテンはうすい瑠璃色に変る
五月の朝の色だ
女達はいっせいに
蜂の巣のような窓をあけて
蒲団を干す
洗濯物を干す

毛布を干す
隠されていた心臓やはらわたまで
竿にかけてしわをのばす
ついでに義理だの愛だの
塩で揉んでぬめりをとり
風にとばされぬように
洗濯ばさみでとめつける
からっぽになった女達は
枯草で編んだバッグを小脇に
窓からドアから
たんぽぽの胞子のように
風にのって駆け抜けてゆく

詩集『能登の月』（一九九二年）全篇

I

古いレインコート

その人は夜更けにきた
だまって戸口をノックした
母がドアを開けると
父が立っていた
着古したレインコート
ぞっとする目をしていた

母と暮す私には
父の記憶が薄れている

母と小声で話していた
金の無心らしい

その人はレインコートを忘れていった
汚れて隅にうずくまっている
破れた縫い目から
薄赤い布がぞろり
父の内臓のようにはみでていた

春一番

娘は恋をしている
恋人のアパートへ
足どりも軽くでかけていく
花模様のふきん　そろいのカップが
台所の引き出しから消えている

小鳥が庭にきている
あたりを警戒しながら
すばやく餌をついばむ
春一番　たわむ枝で
小鳥の足が揺れている

娘の目は輝きを増す
風といっしょに発光体となって
私の目の前を駆けぬけていくだろう

花のように

テレビで服役中の女の人が映っている
三年の刑を終え
明日は仮出所する彼女は

街でハンカチを買い
パーマをかけた
つつましいおしゃれをした

「いよいよお別れですね
ここを出たら
誰に会いたいですか」
アナウンサーの問いに彼女は答えた
「一歳で別れた息子が四歳になります
私を覚えているでしょうか」

仮出所の日
彼女はピンクのワンピースに着替えた
スカートが不安そうに揺れる
画面が消えても
咲きそめた花のような人を
私は見送っている

ネクタイ

伯母はネクタイを見るのが好きだ
伯父と買物を楽しんだものだ

ネクタイを売る店の前で
伯母は足をとめる
「良い柄だこと」
私をふり返る伯母の目に
ゆらゆら伯父が映っている
伯父は病床から四年ぶりに甦っている
茶色の絞りのネクタイを結び
伯母の前に若々しく立っている

伯母はショーウィンドーの

首のないネクタイに微笑んでいる

能登の月

両親が離婚した。私は老いた父を連れて能登の海辺の宿にきた。

かつて庄屋であった宿は、分厚い欅材がふんだんに使われ、二百年の風雪に耐えてきたという。大きな囲炉裏に父と向き合って熱い鍋をつつく。「舌がとろけるよ。」と父は無心に海老を頬ばっている。

私は黙って父の盃に酒をつぐ。父との旅も最後だろう。

窓を開けると
目の前にひらける夜の海
三日月のかけらが
波にこぼれて
海の底へ落ちていく
落ちていく

すすき野

病床の舅を見舞うと
やせた手を振りながら
私を見送った
最後だった

生涯を終えたふとんを片付ける
たたみの床は
指が入るほど腐っていた
水が土に還っていったのだ

舅は軽くなって
手を振ったのだろう

風に揺れるすすき野に立つ私
陽に暖められたすすきの穂にふれると
舅の指が浮かんでくる

盆祭り

「ようおいでてくれました」
おばあちゃんは耳が遠いから
大声で仏を迎える
花が溢れて
位牌が見えない仏壇に話しかける
生きていたおじいちゃんに
見せなかった微笑で

おじいちゃんの戒名には
何度も呼びかける
家族の名は忘れている
還ってくる仏に
おばあちゃんはそうめんを茹でる
「腹いっぱいあがってくれましょ」
三河ことばですすめる

お詣り

三河の豊川稲荷の参道は
参詣客に埋めつくされていた
私は母の肩をかばっていた
参道のかたわらで

こちらを凝視している視線に会った
父がいた
母と私から姿を消して十年になる

父の横に
髪に花をさしたひとがいた
数百本の幟旗をはためかせて
風が過ぎる
父は母だけを見つめて立ちつくしていた

会葬者

扉が開かれ
引き出されたものを見て
F夫人はうろたえた
「あの子がいないわ」

係りの男が
「背骨が少し残っている
小さい棺はよく焼けます」
と形ばかり手を合わせた
ぼんやり見つめていた会葬者は
拝みはじめた
人々が
立ち場のちがう表情で
焼かれた子供を覗いていた

赤ん坊は寝つきがよかったという
夫人の寝巻をかけておくと
笑いながら眠ったという
母の匂いを知っていた
今　夫人の前で
子供の顔が砕け散った

会葬者は食事の膳についた
夫人にそっくりな顔立ちの妹が
私の隣に坐った
「あの子はもう焼けたかしら」
と腕時計を眺めている
私は焼き魚を食べかけて
喉につかえたままだ

お骨を拾いに
私達はマイクロバスに乗る
読経流れるバスの中
合掌する手は
みな火葬場を向いていた

ひとすじの煙が
フロントガラスに近づいてきた
子供が煙に姿をかえ
私達を見下ろしていた
バスの中は静まり返っている

日傘

日傘をさして
母と教会を訪ねよう
パイプオルガンが演奏されるという
丘の上の教会は
横浜を百年みおろしている

老いた母の耳に
パイプオルガンの音が
届くだろうか
最後のお詣りになるだろう

日傘をひろげると
私の頬のあたりは明るく映え
胸は蒼く翳っていった

かつら

老いたＳ夫人は
私と街へでるのが楽しみだ
近所に住んでいて
週に一度会う約束ができている
白内障で見えない目が
嬉しそうに光る

夫人と手をつないで
電車の座席に坐る

「あなた　御覧になって」
ふり向いた私は仰天した
得体の知れない丸坊主が
白い頭を叩いて笑っている
夫人はかつらを脱いでみせた

慌てた私はあべこべに
かつらを夫人に被せた
失笑のなかで
「本当の頭を見せたかったの」
夫人はあどけなく笑っている

昼寝

　川に鮒や鯰が棲み、地に苺が実る尾張に嫁にきて三十年が過ぎた。姑の作る鯰のかば焼きは香ばしく、鮒の甘露煮は口に含むとほろりと骨が溶けた。単衣の着物なら一日で縫いあげて、念入りな仕立ては誰も真似ができなかった。苺の季節にジャムを作るが、蜂蜜を足しても洋酒を注いでも姑の作る紅色にならないのだ。

今姑は九十歳。人間嫌いになった。家族も世間の人も嫌いになった。近くの観音様へお詣りに行くようにすすめるが、心を閉ざしている。自分だけを愛するようになったのだろうか。

姑に思いがけないことが起きた。生き生きと暮しはじめたのである。毎日のように銀行へ行く。銀行員に会うために顔を酒で磨く。輝くばかりの色艶だ。自分の金を見るのが好き、数えるのはもっと好き、それが増えていくなら、子供より可愛いと涙ぐむ。私の胸に抱いている姑はがらがらと崩れていく。

静かになった居間を覗くと、姑は昼寝をしていた。財布に頬ずりしたままの姿だった。

Ⅱ

草光る

高速道路で
渋滞に巻きこまれた
20メートル先で事故が起きたという
窓から外を眺めると
コンクリートで固めた道路に
ひとむらの草が揺れている

車に閉じ込められて
気がつく風景もある
目に映ったものを
どれだけ見過ごしてきただろう

草の葉が光り
葉の裏が透けて
草は風と笑っているようだ
喉の奥まで見えている
葉に隠れていた虫が
車を飛び越えて
空の高みに見えなくなった

牡丹

五月初めの東長谷寺へ
誘いあって友とでかける
山門をくぐる
七分咲きの牡丹は
白　薄紅　えんじ色にくつろいで
私達を待っていた

若い僧が水をまいている
花は
できるだけ頭を上げた
瞳をひらいて僧を仰いだ

石段を登ると墓地にでる
ピアノのキーほど墓がある
風が墓の額を吹いていく
死者は花の匂いを楽しんでいた

花に別れを告げ

タクシーに乗った
さっきすれちがった無縁仏の女人が
車窓に映った
享保二年の姿のままに
笑いかけている

流れる

「ばらの匂いがするわ」
少女は若い父親と散歩している
父親は肩にインコをとまらせ
頷いている
つないだ手をほどくと
少女は父親のまわりを
はしゃいで走る

道ばたの垣根にばらが咲き
信じあっている者たちの上を
ばらの匂いが流れていった

蓮

村は蓮田の花から明けた
深い紅をより深く
淡い紅をより淡くして
朝を待ちつづけた花たち
今　強い力で蕾を開いていく

花かげで人の気配がする
お盆のお供えに
少女が蓮の花を切っている
「今年もなつかしい死者に逢える」

花はときめいて開く音がするという
少女は言い伝えを信じている

蓮の花は露を含み
少女の腕の中で揺れ
眠っている村へ消えていった

蟬

蜘蛛の巣に蟬がいる
もがいているのを
笹の葉で払ってやった
蟬はあじさいの上に落ち
動かない
「恐ろしかったのかしら
花びらの上でしばらくお休みなさい
買物に行ってくるわね」

帰宅してみると
蟻がびっしり取り巻いて
蟬は食品になっていた

木

木が春を待って
枝先まで空に向かっている

赤ん坊が元気な泣き声をあげて
乳を待っていたことがあった
赤ん坊の舌は
信じられないほど強く

乳を吸うのだった
腕をさしのべて
春を信じている木よ
ばら色に芽ぶいた梢は
全身の細胞をひらいて
天の一角をみつめている

水草の花

その花は
氷河期から咲きつづけてきた
京都　深泥池《みどろがいけ》のミツガシワという花だ
一万年前の池の地層から
花粉の化石がみつかっているという

岸辺に立つと
ミツガシワは
ヒヤシンスのような白い花を
ひろげている
ちぢれた花びらが
唇の形に動いて
私の一生など
一息に呑みこんでしまうだろう
花は何事もなかったように
咲きつづけるだろう

静かに咲きつづけるミツガシワの花

Ⅲ

木の葉のように

ぶらりと列車に乗って
田舎へ着いた
秋祭りの日だった
一本道から
太鼓の音が流れてくる

村は興奮していた
祭囃子のけいこで眠れなかったのだろう
男たちは山車を曳く
息子たちは山車の中で笛を吹く
遠い日　少年だった父と
同じ顔付きで一心に吹く
豊作に感謝するのだ
からくり人形の神功皇后は
手をお振りにならない
三百年踊りつづけてきたという
勢揃いした山車が社へ向かう
晴れ姿の女や子供がついていく
紙吹雪もついていく
社で花火が轟く
神様もお待ちかねだ

再び列車に乗ると
東京は人で渦巻いている
渦の方向が同じだからといって
同じ思想を持っているわけではない
けさ椿の花が咲いたと
私は誰かに話したい

街にネオンがきらめく
ふくらんだ人の渦は
うねりを増してくる
木の葉のように
私は呑まれていく
耳だけが生きていて
幾千万の
さみしい会話を聞いている

北の旅

高度一万メートルの機内
乗客は
足元を洗う雲に
とろりとした顔付きだ
東京は雨だという
天上は目が染まるほどの青空
雲一枚で世界がわかれている
夫は
座席に柔らかく身を沈め
私を見て笑った
久しぶりの笑い声だ
地球を留守にすると幸せらしい

釧路空港へ着く
網走監獄までバスに乗る
監獄は資料館になっている
舞台を見る目で
囚人の人形を見つめる旅行客
鎖につながれた差別は
見せものに変わっている
詰めこまれた好奇心が

バスから吐き出され
また呑みこまれて
乗客は海沿いの道に消えた

飛行機

厚木に近い停留所で
私と老婦人はバスを待っていた
道ばたにコスモスが揺れ
私たちと花は微笑みあっていた

不意に爆音がして目を上げた
建物にふれるばかりの高さに
日の丸の練習機が空を回っている
老婦人は飛行機を指さし
言った
「機銃掃射の時
飛行機はゆっくり飛んできます
ここから角度45度の上空に
敵機がくると
弾は私に落ちてきます
ほら　今の位置ですわ」
老婦人は蒼ざめている
四十五年前に返って

紅茶がこぼれる

中国の殷の時代
羊がまるまると大きいことが美しかった
花でも女でもなく
遊牧民の飢えた目が

羊を見て光った時
美という字は生まれた

三千年ののち
横浜の小さな喫茶店から
私は街を眺めている
着飾った男や女が
楽しげに通り過ぎていく
ガラス越しにみえる世界は
揺れているようだ
紅茶を飲みながら
羊だけが美しかった日を
思っている

不意に異民族が攻めてくる
砂嵐の巻き上る地平線に
殷の時代

青銅の槍をつかんで
人は光になって走った

千九百九十一年一月十七日
午前八時四十分
アメリカ軍がイラクへ侵攻したと
テレビは伝えている
バグダッドの空は赤い

飲みかけの紅茶が
床にこぼれる

鳩のいる家

セールスマンが快活に話しかける
「新次元の街が生まれました

駅から歩いて六分
森に近い館に暮しませんか
館のテラスにけさ鳩がきました」

彼の言葉に誘われ
私は横浜の郊外に引越してきた
静かな街だ
帰りの遅い男を待ちながら
女は犬と暮している
隣の犬は言葉が分る
犬はまもなく買物にでかけるだろう

けさ鳩の声で目が覚めた
山が街に変る前
ここは鳩の栖だった

　枯枝を集めた巣で
　卵を抱いていた
　小指の爪ほどの卵が三つ
　ぼうっと白く光っている

庭の木で
鳩は首をかしげて動かない

山

庭から見える富士
ゆるやかな裾野は
林を過ぎ
私の足元まで伸びていた
富士山に抱かれて
朝のあいさつを送った

逆巻く海の波間から
北斎が冨士を描いていた頃
江戸は冨士に抱かれていた

今　都会はビルの林だ
山は崩れた
空は狭くなって
何かが見えなくなってしまった
ネオンまばゆい街の一角へ
人はなだれるように進んでいく

城跡

大坂城の青屋門をくぐって
極楽橋を渡る
桐の木の下に
淀君の墓があった

小さな五輪塔に
一円玉が二枚
欠けたビールびんの口に
枯れた百合が揺れている

燃えていく城を
淀君は涼しい目差しで見つめたか
運命を呪ったか
幾つもの空が
桐の若葉の間から見下ろしている

巨きな石組から
はね返ってきた笑い声は
修学旅行の少女たちだ
若草色に透けて

糸切歯が光る

東慶寺で

東慶寺墓地の杉木立を
朝の光線が斜めに走る
墓守の焚き火の煙が
光に巻きついて昇っていく
煙の行方を
友人とふたりで見送っている

「娘を連れてきたの
旅が好きでしたから」
友人はポケットから写真をみせる
亡くなって五年になるという
華やかな若い女の顔だった

ふたりではなく
三人で旅をしていたのだった

小山の一段高みに
後醍醐天皇皇女の墓
苔むした岩がくり抜かれている
五百年守りつづけた杉の葉が
煙になって
静かに皇女に会いにいく

時ならぬ鶯の声
目をつむれば
声は間近に迫ってくる

水の産ぶ声

豊かに流れる長良川は
関市に向かうとやせてくる

浮きでた石が島になって
庭を造っている
郡上八幡から白鳥《しろとり》へ進む頃
水の色は緑に変る
山多い道を曲がり
川幅は狭くなる
雨上がりの道に涌く霧は
バスを襲うように
向かってくる

真昼というのに
ライトをつけ警笛を鳴らす
運転手も私も心細い
霧が晴れて
御母衣《みほろ》ダムの池がみえた
池に沈む流木に
古代人の白い骨を思っていた

山が立ちはだかって空を隠していく
鳥も通わないだろう
箸箱のような空が
不意に広がって
目に映る白川郷　合掌造りの集落
色づいた田の中に
藁と木と障子でできた三層の家が
点々と並ぶ
すすきに迎えられ私はバスを降りた

あちこちから湧水の音が聞こえてくる
水は田へ引かれ水車をまわし
鯉を育てている
手が見えて
筧で米を洗う人がいる
土からしみでる水を
手ですくって飲んだ
水は私を甦らせている
物音は天に吸われ
震える波紋から聞こえるのは
私を呼ぶ水の産ぶ声

水の話

自転車のハンドルに力を入れて堤防を登りきり、橋を渡る。橋の上で私は日光川を見下ろすのが常だった。

　川の水は土手や社や枯れたすすきを映しながら、ゆっくり伊勢湾へ流れていく。

　日光川は氾濫を起す時がある。近頃は護岸工事が行き届き、めったに溢れなくなった。海抜ゼロ米地帯のこの土地では、雨の日に下水の溝が溢れ吐け口を失って、庭も道も水浸しになる。

　玄関があいていると、音もなく水が入り履物を浚っていく。床上まで浸水することはめったに無い。雨に気付くと、履物が流れていかないように下駄箱の上にあげておくのが、女たちの仕事である。

　水はかつて人を苦しめた。洪水で田畑が流されると小作人は哀れだった。貧しさ故に生まれた子供を葬ってしまうのだった。家の土間に密かに埋めたという。

幼い私は医者の伯父の家にきていた。朝早く農夫が訪ねてきたのを、私は二階の窓から見ていた。人目を憚るように男は戸口を叩いた。伯父が戸を開けると、男は無言で見事な白菜を捧げた。頭をできるだけ深く下げた。伯父も無言で頷いた。奥へ入ると一枚の紙を男に渡した。男は伯父に何か諭され頭を下げて立ち去った。死亡診断書をもらいにきていたのだった。

黒ずんだ水を遡って川上に目をやると、紡績工場の建物がいくつも並んでいる。

この土地特有の湿気が、織物の糸を引くのにちょうど適っているのだ。綿織物から毛織物に代って百年になるという。

煙突から元気よく煙が昇っていく。今日は東風らしい。湿気を財産に織物を作りつづけた人たちが私は好きである。

詩集『コンチェルトの部屋』(二〇〇四年)全篇

白川郷

水溜りにうつる空が揺れる
渺々と七百年前の平家の公達が
追手を逃れ
飛騨の深山へ走り去る

九十九折の山路を登り
平家屋敷の民宿を訪れる
ひと抱えはある棟木を見あげる
釘は用いず蔦で締める
夕餉に燻した鯉と一杯の濁り酒
喉の奥がくらくら熱い

一度にやってくる秋と冬
紅葉する村に
粉雪　ぼた雪　ざらめ雪
山々は逆様の白扇となって
吹雪く白川郷をとり囲む

村人は雪に屈しない
青菜の漬物は樽に充ち
燻製の魚は天井裏に貯えられる
軒先を飾るのは吊し柿だ

真白い村は
静かなようで
かすかに音がする
眠っているようで
目覚めている

岬

東太平洋　ガラパゴス諸島の一つ
イザベラ島の岬に立つ
九月三日　午後二時
殺人の風に押し倒される
三歩進んでうずくまる

さきほど島のホテルで見た海は
青いタイルの輝きで天に対峙していた
岬に連なるあの崖に立てば
きっと私の精神は癒される

その先は三百隻の船が沈む沖
黒雲がよぎり
海は不気味に変色する
亡霊たちの棲む難所だ

この火山性の崖に触れるなら
風に突き落とされ
私は沈んでいく
海とかげの群れる海へ
堕ちていく

断崖はペンギンの残骸を載せ
私の思想を骨抜きにする
清楚な彫像にみえた岬はどこか
海底から沸き立つオルガンのどよめき
地獄の洞窟へ　みちびく唄だ

一枚の布

テヘランの空は青いタイルの感触だ
この地に住む友の涼子を訪ねる
黒いチャドルが身についている彼女
イランの朝もやを分けて
空港ロビーに現れた時
暗い不安はかき消えた

テヘランの朝は
女達の衣ずれの音がする
大きな一枚布で
頭からすっぽりと被り
顎のところで交互させるチャドル
コートとスカーフで
私も身を隠す
モスクの見える街を歩きながら
イスラムの服装について彼女に尋ねる
「男の目から解放され
のびのびと歩けるわ」
快活な声が返ってくる
イラン人と結ばれ
この国の人になろうとする目をみつめる

個を秘めながら
隠れ蓑になる一枚の布の凄さ
目と手首のみえる人が
街を歩いていく
隠れ蓑の長い影も私達も
急いでついて行く

香辛料の匂う風に吹かれ
市場に着く
湧き上る物売の声
「赤ピーマンを買うわ」
からの買物籠を
涼子はぐーんと突き出す

雨の島

十九世紀半ばのことだ
オレンジの花咲く地中海マジョルカ島で
恋人サンドは呼びかける
「私の子供よ」
病弱な音楽家ショパンは
母を見あげるまなざしで微笑む

或る夜　彼女を乗せた馬車は
嵐に立ち往生する
研ぎだされた不安に
雨は雨でなくなる
彼女は戻ってこないだろう
涙のあとに口ずさむひとくさりの旋律
「雨だれ」と呼ばれる前奏曲に
するりと彼は置き換えてしまった

二〇〇三年の秋　雨の島を訪れる
鈍色に濡れる街はみなアフリカを向く
何もない邸宅跡に
欠けたコーヒーカップが転がる
「雨だれ」の音楽が
弾を撃つように
私の胸から飛びだしていく

春キャベツ

むかし今泉の先祖は三河に住みついた
舅が少年の頃
茅葺きの障子戸から
切れ長の目で東を睨んだ
青梅の実をかりりと食いちぎった

「上京して進学せんといかん
村人の暮しを立て直してみせる」
舅は農林省の役人になった
おかげで息子の嫁の私は
都会の家でキャベツを刻んでいる

春キャベツを捥ぐ
青虫が葉を食べながら
駿河湾を見事に描いた
伊豆半島から三浦半島まで
一気に迫れば東京は目の前だ

少年は百年前
花冷えの夜行列車に飛びのった
二食分の握り飯を背負い
黒煙うず巻く車窓で
低い汽笛を聞いた

舅が逝き
残された子孫の上を
若葉の映える食卓の上を
五月の風が吹きぬけていく

くしゃみ

小豆ほどの目の中に
私が映ったというだけで
孫娘は嬉しそうに声をあげる
見送った娘と瓜二つの顔ではないか
娘の身代りになり
お前は雲にのって降りてきたのだろう

毀れたおしゃぶり　くたびれた雛人形
小さくなったベビー服
春は甦りの季節であるように
めぐりめぐって
未来は過去のドアからやってくる

添寝をしながら
私は睡ってしまった
花のようなものが頬に降りしきる
気が付くと孫娘が舐めている
紅が消える　マスカラが散る
裸にされた目鼻口は
身の置きどころなく
慌てて大くしゃみをした

似たもの夫婦

四角い家の格子戸が開けられる
定まった時間に舅は散歩にでかける
姑は針箱の蓋をあける
夫婦は楷書のような寝起きを繰り返した

舅は若い時　仕事を変えた
六人子持の姑は昂る
「この甲斐性なし！」
彼女秘蔵の古九谷焼大皿を
男は土間に叩き割る

喧嘩のあとは
行書のように目鼻がほぐれる
升からはみでた日常が
涼風に吹かれる

お迎えが近い春の日
燕が南へ旅だった
私は鳥の背に乗って
何もかも捨てたかった
夜に目覚め昼に眠る家を

草書のように精神を散らせ
二人は瞑目した
六人の息子は頭に白雲をのせ
同じ角度で首をたれる

巡る盆に私は冥土へ土産を用意する
米と味噌を笹の葉でくるむ
美男の舅と働き者の姑は
障子の向うで生きている

ロボット

「もう一人の貴女がほらここに」
歯医者が指さしたのは
私の頭蓋を型どったロボットだ
他人の目でみつめたら

プラスチックの歯で笑った
横を通りすぎる白衣の人の
二月の指が頬にふれる
ロボットで調整済みなので
差し歯がすんなり収まる
ほっとする
もう一人の私と仰向けに並んで
窓辺のスミレを見ている
開花の予感が私を明るませる

頭蓋よ　間もなく私も
この世に痕跡すらなく消えるだろう
すっからかん
その朝スミレにゆっくり光が通るだろう
花びらに近付いて
そっと力を貸す手が見えるようだ

天の近くでは
誕生と死がきちんと結ばれている

目

昭和二十二年　秋の夕ぐれ
伊東の入江にイルカの大群が追いこまれた
貧しい村をどんなに沸かせたことか
ロープで縛られた五百頭が
浜に並べられる

褌ひとつのサブやんが
忍者の早さで走り寄る
丸太棒を振りあげるや
一頭の脳天を叩いた

イルカは傍らの私をみつめる
しーんとした目と乳白色の翼を
静かに閉じた
刃物を持った男達が
歓声をあげて群がる
「今夜は魚にありつけるぞ」
惨劇は夜更けまでつづいた
村人も私も飢えていた

あっイルカが泳いでくる
空を割って泳いでくる
少女の時　私をみつめた目で
会いにくる

あじさい

テノールの声を耳にすると
私の中の少女がうたいだす
鎌倉のあじさい寺で
ひとを待っている
麻のスーツを着て
足早に近づく靴音
三十年ぶりにめぐりあった

二人は同級生
美濃の山あいの中学校で
新聞を作った
原稿のテーマが見えなくなり
思案の額を寄せあった

夕日は
教室を飴色に光らせ
手で摑めるほど近かった

笑い声を残して
ひとは去った
あじさいの群落の中で
時の重さを量っている
互いの立場は変った
幸福のつづきを探そうと
花にそって歩きだした

贈り物

ブルドーザーが岩山を削る
墓地が移っていく
作業衣の男達が
コスモスの花咲く場所に
一基ずつ抱いていった

石垣のくぼみから
蛇は居場所を追われ
波打って逃げる
跳びながら逃げる

墓も男達も
思い思いの向きに休んでいた
削られた墓地をみて
彼等は優しい目になっている
コスモスの中へ背中を反らせる
目の中に青空が吸いこまれる

工事現場は

ブルドーザーの端から昏れる
地平線に色濃く
太陽は鋼鉄の輝きを帯びる
男達は光燦々の贈り物を受ける

音楽会

ひとりの人のために
ピアノを弾いている
胸に棲んで
小鹿のように耳を立てる人だ
音はシャンデリアの光を潜り
青空を駆け上って
あの人の柩の在処を探しあてる
時が過ぎるままに

遠くの空へ漂うひとの柩
顔も姿もくずれ去り
魂だけが目を開くだろう

胸に溢れるものを
指先に委ねる
情熱をかき立てる右手
情熱を沈める左手の
釣り合いを確めて
と呟く前に傾ぐバランスの危うさ
贈られたばらの花は
演奏より匂い立っている

青空

山頂の枝垂れ紅葉が
秋の輝きを垂れている
「休んでいかない?」
木に誘われて根元に坐る
どんぐりが肩先にこぼれる
濡れた鼻先が見えて
犬が不思議そうに立ち止る

「コーヒー飲む?」
見あげると
見知らぬ男と犬が立っている
「今さ　二つ買っちゃったんだよ」
差しだした缶は
私の右手を温める

つまみを引く
甘味が喉を滑る
わだかまりをするりと裏返しにするのだ
ジグザグに山を登る
最後のターンで
ようやく青空に出会う

鬱を抱いた私の
心に広がる青空だ

歌声

第二次大戦が終った
先生は個性的な服装だった

復員帰りのよれた軍服
焼け残った袴
詰衿の学生服
私は新制中学に入学した

美濃の山ふところの音楽室で
川村先生の指がオルガンに触れると
ひとりでに私達は歌いはじめた
平和の女神が一緒に歌っていたとは
誰も気付かなかった

先生の渾名は赤かぶら
興奮すると赤くなる
合唱コンクールは迫っていた
赤かぶらも指揮棒も昂ぶって
練習に拍車がかかる
　暖かき潮の流れに生いたちし
　汝《なれ》は真珠よ
一語一語
ぐわっと命が噴き上る
波打際を裸足で走りまわる
私達はもう春の海の中
お河童頭が揺れるびしょ濡れる
昭和二十三年の歌声だった

帰郷

私は五歳だった
森は蟬の声で渦巻いている
つられて木も叫ぶ
蟬を追いかける私の網は
宙を泳ぐばかり

見知らぬ中学生のワイシャツが
目の前にふわりと揺れる
「おっ」と言って
クマ蟬ひとつ　ミンミンふたつ
私の虫籠へいれてくれる

背中の広さにみとれると
振り向いて笑った
並んで木の根に坐る
飴を呉れる
鳶の羽音を聞く

それから大きな戦争があった
引き裂かれるワイシャツ
虫籠も網も弧を描いて
血の色の地平線へ消えていく

訪れるたび
小さくなる故郷の森だ

ミケランジェロの「聖家族」

嘘っぽい天使も
贋金のような光輪も要らぬ
聖家族から
光り輝く部分が除かれた
見えてくるのは
ありふれた夫婦と幼児だ

光り溢れるイタリヤの大地に
夫婦は坐る
ヨセフはマリアに「おっ」と呼びかけ

掌のイエスを肩越しに差しだす
宙に吊される乳色の赤ん坊
彼女は太い腰を捩ると
信じる者をひしと抱く

背景に群れる裸の美少年は誰だろう
聖家族から目を逸らし
遥かな沖を見つめる
若い日に画家が愛した青年であろう
聖なる愛と肉なる愛と
心に絡まる暗闇を
彼は白日の下に二分する

五百年が過ぎ
私は崖のてっぺんに立たされる
足を踏みはずせば
エゴイストの整列する奈落へ
狂いながら私は堕ちる
もう一度ヨセフとマリアを見上げる

夜更けのピアノ

潜り戸の蜘蛛の巣をはらい
長旅から帰宅する
鳩が不意に戸袋からはばたいていく
番いの蛇が台所の柱に絡みあう
夏に見あげた楓は
秋の空を茜色にみたしていた

夜更けにピアノが鳴りだした
ペタルに乗った鼠の夫婦が
傾いた足場の隙間をのぞく
格好な隠れ家に滑りこむ

月光が弾け
小さな兄弟が誕生した

球体となってピアノ線を跳躍する親鼠
回転する軽やかな音の礫
ほのぼのと自照する
命の歌を聞いている

夜を徹して国道を
大国の軍用トラックが疾走する
兵士達の横顔に
後戻りはないという決意がみなぎる

鼠の祝祭は今たけなわだ
間隙を縫って轟くトラックの音に
壊れていく耳

2003・3・20

地下鉄溜池山王駅に降りる
冬の尖る空気が頬を刺す
ナイフのような武装警官が
首相官邸前でじろりと私を見る
エッセー教室に出席するため
放送ビルへ急ぐ

ニューヨーク多発テロの時
アメリカ大使館の芝生は
花束で溢れたものだ
立ち止ると怪しまれ
身分証明書を提示する
乱反射するビルの窓の光が

執拗に私を追いかける
帰りにパン屋へ寄る
鼻をけむらせるシナモンの香りに
飢えた唇は深い水路をひらく

魚

紺青の空　朝顔の青　卓上の秋刀魚
九月の風は海のまなかの匂いがする
取れたての秋刀魚は
食卓の上で
夢のつづきを見るように
沖をみつめる

一尾の乱れもなく
秋刀魚の群は編成される
海面に迫りあがった
花火のように散った

魚の形をした「生」の
白い腹に亀裂が走る
血を滲ませ
異臭を皿に撒きちらす
皿は支え切れず
遂に歪む

鏡に向い
抗うように口紅を引く
魚の形になり
糸切歯を光らせた

盆提灯

東洋一の大観覧車に
あの人と私は汲みあげられる
近づく真夏の太陽に炒られ
二人は幸福な悲鳴をあげた

夜の海を背に
どよめく花火の音に押され
裸足の二人は浜を走る
馬鹿みたいに楽しい恋だ

夢のデートだったのだろうか
ルソン島で戦死した人は
糸切歯をキラリと光らせ
たしかに笑っていた

ぼろぼろの軍服を引きずり
半世紀のあいだ彷徨う人よ
あなたは　今
どこにいるのか

今日は盆祭り
一対の提灯に火を灯す
やみくもに
行方を探す私の顔を
火はあかあかと照らしだす

五月のベンチ

雲一枚上で

雲雀のうたが聞こえてくる
さっぱりした食物を好む頃になって
私たちは巡り合った
指を絡ませ公園を歩いている
球場から力強い音階
野球少年たちの歓声だ

封じこめた恋が満ちてくる
私がピアノに向うと
聞いているようで
ひとは静かに泣いていた
あれから目の中に住んでいる

別れの日まで
フランスパンを焼こう
魂だけになったら
気配に寄り添い
今日のように微笑を交そう

若葉の映える五月のベンチで
年下の恋人よ
草野球を見物しませんか

二十一世紀の赤ん坊

北半球の島国に生まれ
光を恋うて
頭をめぐらす孫娘よ

お前を抱くと
心臓の音が
新しい時計のように伝わってくる

まだ歩けない足は
私の膝を蹴りながら
未来へはばたく日を探している

アフガニスタンの難民が
着のみ着のまま逃げていく
テレビの画面を抜けだし
なだれるように逃げていく

煮え立ったり静まったり
地球は生と死の
寄せ鍋みたいだ

孫娘のリボンの髪もほほえみも
戦争が瞬時にかき消すのを
私はまだ経験しない

相部屋

入院中の姑を見舞う
青白い掌に赤い財布をのせ
金貨の鳴る音に目を細める
お迎えが近いと知った

彼女の手は腫れていた
拝む形に合せようとすると
思いがけない力で私の手を払う
死を締めだそうとする目が
病室に射しこむ残照を集め
私をたじろがせる

相部屋のきぬさんは

終日うたうお婆さんだ
暖かみに触れたくて握手する
二人が微笑を返す
「浪之介さーん」
きぬさんは私に向って呼びかける

浪之介が見舞にくるという
彼に会った者はいない
白髪にピンクのリボンを飾り
子守歌をうたって待っている

主のいない相部屋は
新しいシーツが眩しい
床に転がる赤い財布は
うっかり落した忘れ物だ

消えない幻

姑が逝き葬儀屋はすぐ現れた
儀礼的に手を合せると
かばんから紐を取りだした
姑の手を拝む形に整え紐で縛る
時間が過ぎれば固まるという

彼の指は放心した眼を瞑らせ
ひきつった口元を微笑に変えた
飴細工の職人のようだ
夫には内緒にしておこう
あっという間の技だった

位牌の前で

猫背の夫はいっそう丸くみえる
幻の母と交信しているので
私の声は聞こえない

葬儀屋の手で作られた顔

廃園

一日で一番さみしい風景は
母の紙おむつを換える時だ
着物の裾から
ひっそりとした廃園が広がっていく

人気のない川原に立つと
乾いた川底がみえる
足許には枯草がちぢれている

九十年立っている足は裸木に
腰は切り立った崖になって
私を見下す

裸木をくぐって
母を訪ねるのは私だけだ
二度の結婚をして
二度とも別れている
のちの夫の子が私だ

さあ　手を握りあって
小さな橋を渡ろう
母のわずかな暖かみに触れている
欄干にもたれ
疲れたら休めばよい

薄い肩を抱きながら

ゆるやかな丘を登り
降りていくと
突然　手の甲に
尿が落ちてきた

八月の庭

水すましが入道雲を押すと
庭は夕立雲を呼びこんだ
池の魚はゆっくり息を吐く
雨足は松の根を洗いだし
窓越しにノックする

雨の庭に大島紬の着物姿で
死んだ母がすっくと姿を現す
微笑を浮かべるのは
あちらで幸せに暮しているからだろう
少し安心する

八月の太陽が戻ってきた
魚が青空を待って
池の表面は割れそうだ
水の手に運ばれ
母が消えていく
魚達の同じ目が見送る

爽やかに私はひとり
といつ思えるのだろう
目を細めて
百日紅をみつめる

魂入《たまい》れの日

ここは赤
あちらは黄色の花が鮮やかで
眺める私は春めく墓地にいる
母の骨を抱き
眼下の海を見ている
丘の上の墓はどれも海を向く

新しい墓の前で
魂入れの式がはじまる
司祭と私は頭を垂れる
祈りの言葉が春一番に晒され
はるかに渦巻く波頭に堕ちる
アヴェー　マーリーアッ　アー

老いた母は父と別れ
娘のように私に甘えた
縁側の陽だまりで
煙のようにあなたは果てた
あれからだ
死の世界が
近くにあると思えるのは

身軽なひとよ　ねむりなさい
私は独りの気分をはぐらかし
野道をあるいて戻りましょう

詩集『蔦の這う家』（二〇〇八年）全篇

午下りの紅茶

蜂蜜をしたたらせ
午下りの紅茶を飲んでいる
新聞がめくれ銃撃の映像が現れる

砲弾の街　バグダッドは
蜂の巣を叩いたよう
市民が散る　そして果てる
再びめくれる映像は
銀座の空を飛翔する蜜蜂の群
屋上の巣箱から花咲く浜離宮へ
「今日は十キロの旅だよ」
蜜蜂が私にささやく

蜂の舞う国と
砲火の轟く国と
新聞紙一枚のうすさで
隣りあう境界線こそ
私の居場所である

見舞

食道癌の佐藤さんは
鉛筆を持ち直し
一行の詩を編む
お迎えの日を予感しながら
燃えつきる前の
ほのかな指先の暖かさ

下連雀の病院へ見舞にいくと
かすかに薬の匂う人は
不機嫌な表情だ
「もう見舞にこないで下さい」
尖った視線を背に受け
白い花束を置く

深夜　誰かに呼ばれた気がして
窓を振り向く
歪な月と彼女の青白い顔
磨ぐような目が光る
「あなたは生きるのよ」

水引草

前触れもなく
友の涼子が逝った
姉妹のような仲だった
信じられない

庭の水引草にむかい
「涼ちゃん」と呼びかける
返事をするのは
電線の雀たち

茎の先に目を注ぐと
花はいやいやという風に
薄紅色の横顔をみせる
私に関ろうとしない

さり気ない風情の花は
秋の光をたっぷり吸い
地底に根をのばす

花も不慣れな旅をするのだ

野川の散歩

野川の水は涸れて動かない
尾ひれで水を叩きながら
鯉があがく
泥水のしぶきが跳ねて
散歩の足をとめた

向う岸の若い男が
いきなり鯉を抱き上げ
川下へ逃がしてやった
帰り道に覗けば
鯉が戻っているではないか
水を求めて

ひたすら上ろうとするものよ
川上は涸れているのに

足許で睨みあう二匹の亀が
甲羅干しの縄張りを主張して
一歩も譲らぬ
頭突き　蹴り上げ　甲羅のぶつけあい
歩みの鈍い亀は歌の中
石の上で
殺気が火を噴く

蔦の這う家

蔦はまもなく
向いの家の壁を
巻きつくすだろう

朝　蔦の窓がひとつ開き
かすれた咳が聞こえる
老いた男がひとり住んでいる

屋根も壁も猛々しい蔦の森になった
茎の尖端に風がそよぐと
蛇のように頭をもたげる
我等の根城とばかり
みじろぎもしない

男は夜　洗濯をする
ワイシャツを捻れたまま吊す
シャツは
抜け殻の男になり
狂いながら踊り明かす
木漏日の光で編まれた

青白い網につながれ
男は別れた妻を思う
何物をもはね返す強い女
自分しか愛せぬ女だった
光の届かぬ部屋に
沈黙がよこたわる

湿気が沁みとおり
屋台骨が腐っていく
悲鳴をあげる家から
柱時計が低く鳴りだす

パンジー

光の増す三月
朝もやをわけてパンジーは頭をあげる

公園はたちまち黄色と紫色に染めあがる
人面草ともいわれ
表情の歪む時がある

花びらにそって
蜜蜂が深みに降りていく
茎を流れる水音に
彼はうっとりと耳を澄ます

春一番　匂い立つ公園
花は毒をふりまいているのだろう
香りに酔いしれて
私の足はもつれはじめる

いつのまにか
自分しか愛せなくなって
花の中に身を投げ
意識を失っていく
足許から私の骸《むくろ》のようなものが
抜けていった

梵天

秋篠寺の梵天に
そっくりな顔立ちの人を知っている
名はちぐさ
気の合う幼馴染で
十津川上流に住む

奈良朝の工人は
十津川乙女の秀でた額を愛し
仏の顔を刻んだのだろう
末裔のようなちぐさから

結婚式の通知をもらった
文金高島田の晴れ姿をみた時
嬉しさに駆けよった
彼女の手を握ってから行方が分らぬ
ちぐさは心の台座に戻ってこない

久し振りに十津川上流の
蓬で丸くなった岸辺に立つ
木漏日の野にちぐさが現れる
ふくらみのある頬がゆるみ
目が笑ったと思うと
髪逆立てたもののけの姿で
走り去った
やはり彼女は梵天であった

買物籠

私の部屋は北向きだ
巣ごもるように俯いて
詩を編む
急に陽の光がほしくて
街へでる

福島さんとスーパーの前で会う
詩の仲間で
二人は夢喰い人だ
朝が彼女を招いたのだ

色とりどりの果物を背景に
彼女は買物籠をぶらぶらさせる

詩人の衣をさらりと捨て
はだかの声で挨拶を交す
「おはよう」
キラリと光る糸切歯

ピーマン・トマト・チーズ
家族の血と肉をつくるだろう
買い忘れのないように
野菜の名をくり返す唇を
ピザチーズのように波立たせて

天目茶碗

織田家の城跡が
名古屋城近くで発見された
戦国時代
赤ん坊の信長が
盥の中で
プリンのように体を揺らした城だ

茶室の好きな少年信長は
陶器の森に遊ぶ
天目茶碗から
亀が這う　鷹がとびだす
遊びに困らぬ愉快な森だ
茶碗はいつか井戸に捨てられる

青年信長の全軍は
北風にまたがって疾走する
山が走る　雲が飛ぶ
天下取りを目の前にして
本能寺の火の中に果てる

捨てられた天目茶碗は
古井戸から
二〇〇七年の春に発掘される
修理を終えた晴れの姿は
人目に晒され
桜の花の舞う中
緋毛氈の上で恥しそうだ

枯山水の庭

ジャッキでつぎつぎ降される外国産の石
殆ど船賃だけの費用で運ばれ
庭に落ち着く
中国人　インド人
アフリカ人の顔を持つ蛾が
枯山水の庭から舞い上る

ナイル川を下ってきた古い石よ
歴史に名高いクレオパトラの
恋に揺らぐ眼《まなこ》の奥に
水が流れていたか
火が燃えていたか

私は日本生まれの水の女
六割の水から成る
人を恋して心が溺れ
目から溢れそうになる
心も体も液体が流れるので
泳いでいよう
腐らないために

見るよりも
あれこれ思う楽しみが湧きでて

枯山水の庭は
今と昔を往き来する

灯籠

ヘリコプターから俯瞰すると
彦根城は湖に浮き
座礁する美しい船のようだ
築城四百年を経ても
牛蒡積みの石垣は動かぬ

近江八景を模した庭を歩く
昼も暗い池の奥に
不思議な灯籠をみつける
十字を刻む
切支丹の墓標だ

御禁制の時代
城主井伊直弼は
人目を避け供養したのだろう
笹舟を浮かべると
夕日に向って走りさった

暗がりから解放された魂は
風の道を遊びながら
二〇〇七年の城の桜を愛でている

食卓

朝の食卓にリンゴがめざめる
近付いた三歳の孫娘よ
二人でリンゴを齧ろう

彼女のえくぼに吸いこまれそうだ
家の前の住宅展示場では
無人の食卓に銀のポットひとつ
体温が感じられない
集まった見物人は
あらゆる設備の揃った食堂を
あの字に口をあけうっとり眺める

編む

ヨーロッパの南西イベリア半島　南端
崖下の集落につづく道で
おばあさんは編物をする
静かな村はずれだ
手首を捻るたび
舟や海の図柄がうかびあがる
少女の頃からなれていて
難しいアラン模様を
笑ってこなす
板子一枚　下は地獄

アラン模様は
漁師の命の目印だ
溺れた息子のセーターが
浜に流れ着いたのは
遠い昔のことだ

彼女は息子を瞼に住まわせる
糸の空気を
ふんわり編みこみながら
頬で感触をたしかめる
仕事に打ちこむ至福のひととき

三月の集落は
井戸の底にいるようだ
夕暮は肩のあたりにおりている

ペンを持つ時

千三百年前
文字は海を渡ってやってきた
幾千万の言葉が揺れ動き
戦争と平和があった
不協和音のきしむ国で
詩の女神は目を醒ます
軽やかに未来を語りたくて

暁に現れ
まもなく消える女神よ
陽が昇り
世の中が動きだす頃
台所で働く私は
気配を感じながら
野菜を切り魚を焼く

幾たび言葉を捨てたら
あなたに近付けるのか
ペン先は迷うばかりだ
上澄みの言葉がほしい
生まれ立ての
舌の上で震える言葉が

縮図

隅田川の岸辺で
浅草のビル群を眺める
高層ビルは顎をあげ
ニョキニョキ伸びていく
ビルで働く人間は
デジタルの建物につながれて
ネジになって働く

こちらの岸辺で
居場所を追われるのは
水際のダンボールに住む人達だ
梅雨の晴れ間は
何よりの御恵み

湿ったふとん　下着
中古の自転車から位牌まで
全財産を干しあげる

青空の下
日本の豊かさと貧しさが並びあい
川を走る観光船が
一瞬　動きをとめる

お裾分け

デパートの地下街で
サービスに食パンをもらった
開いてみると
齧られたあとがある
鼠の仕業にちがいない

電話をすると
黒いスーツの男が現れた
「今後　管理に気を付けます」
お辞儀と菓子折を残し立ち去った
マニュアル化された挨拶に
何かが嚙み合わぬ

夜更け
鼠達は下水路をひた走る
デパートのパン売場にとび移る
門歯をむき出し
パン皿はみるみる鼠の山に
背中に影がうつれば
一目散に逃げ失せる

俺達鼠族には
だらしのない人間の
何よりのお裾分けがある
昼間は死んだふり
夜はマンホールの上に蜂起せよ
あわてるな

美術館で

三岸節子の自画像に近づく
紅い着物姿の彼女は
額の中から問いかける
「どうしたらいいの
赤ちゃんができてしまったの」
あどけない目が私を追いかける

節子は愛する人との

別れの日が訪れた時
「これで好きな絵が描ける」
ひしと絵筆を握りしめる
夏の日に照りだされる青葉の奥で
命かけて啼きしきる蟬の声
親しい者のように
彼女は振り返る

ベネチアの水辺の絵が好きだ
故里のとろりとした湿気が
ヨーロッパの運河に辷りこむ
節子は木曽川のほとりに生まれる
ゆったりとした時間に身を委ね
川底にひびく水の音楽を楽しもう
一切を捨て
水に溶解しよう
川はゆるやかにめぐりつづける

ショパンよ

春は上げ潮の波にのって
私の指先に息をふきかける
ピアノの蓋を開く
いつもの角度に指を曲げ
肩の力を抜こう

鍵盤から噴き出す選ばれた音
選ばれぬ音は
十本の指の谷間で目をさます
耳を研ぎ　耳を立てる彼等は
私の大切な聴衆だ

聴く人の夢を充たすために

音楽があるのなら
選び捨てた夥しい白鍵と黒鍵のために
私は弾きたい
彼等の沈黙が
音楽を支えるのだから

ショパンよ
あなたは譜面から抜けだし
一瞬すがたを現す時がある
快活な微笑を残し
消えやすい人だ

握手

日韓合同詩書画展の受付にいると
開館一番に見知らぬ女性が訪れた
目が
私の作品の前で動かない
手帳に写しはじめる

宇宙にとんだ風船が
遥かな地球に話しかける詩だ
「戦争に蝕まれ
腐ったリンゴにみえる地球よ
さようなら」と

振り向いて
私と握りあった手は
暖かい人間の血を伝えた
名は禹《う》英児《よんあ》
在日韓国人だった
ふっくらした頬
まっすぐな瞳　赤いセーター

若い日の私とそっくりだ
半世紀まえの風が立ち
半世紀のちの私を佇たせる

明るいガラスのドアを開け
朝の都会へ
彼女はすいと消えた

霧の橋

老いた母は寝返りができない
御飯もひとりで食べられない
丸い背中で甘える
とうとう
私は母を生んでしまった

まもなく母は瞑目するだろう
夢の中で彼女は
気に入りの志野の湯呑みに
茶を薦める
振り向くといない
何処へ行ったのだろう

今朝　電話が鳴って
嫁いだ娘が妊ったという
降りしきる金木犀の窓
光る秋の空
金管楽器のひびきで
娘の声が空へ抜ける

誕生と死と
それぞれが
霧で隠されているあたり

さだかに見えぬ向う岸に
目を凝らす

高橋さんの表札

いつものように買物にでかけると
昨日あったスーパーがない
美容院も欅の木もない
魔除けの札のように
電柱に貼りついた猫は
死んだのかしら

目の前の表札が
手を振って私を招く
表札は私の旧姓の高橋さん
無意識にインターホンを押す

ドアが開いて
若い父親が
五歳の私を抱いている
ゆたかなお河童頭が
そっくりだ

彼女が微笑んだとたん
逃げだしたくなった
とんでもない事を口走りそうだ
背を向けて走りだす

やっと落ち着いたら
潮騒が耳になだれる
ここは海のほとり
泡立つ逆浪をくぐって
小さな富士*がみえる

今にも波に呑まれそうだ

私の守護神よ
遠い父よ
大声であなたを呼ぼう

＊　葛飾北斎の富嶽三十六景のひとつ

指環

私は指環に問いかける
柩に入った母は　弔いの日
いち早く昇天したのではないか
黒枠の抜け殻の写真を私は抱き
葬列が頭を垂れているのを
不思議そうな顔付で
見下していたのではないか

母は父と別れ
結婚指環をはずした
鏡台の抽き出しに眠っていたが
指環は私のてのひらにある
彼女はまもなく逝った

剝げた金属から異臭が流れる
歪んだ楕円のかたちから
両親の遠い日が見えてくる

私の結婚指環に
傷がないのは
母が守ったのだろう
母の弾くピアノのメロディーは
耳が覚えていて

私をひとりにさせない

故里の家

男はぽつりという
「故里へ帰らないか
年をとったから
旅立ちはあの家がいいな」
尾張西部を流れる
木曽川のほとりの家だ

二人が暮しはじめた頃
あの家は巣箱のように小さかった
子供が生まれると
不思議に家はふくらんだ
カーテンは
舟の帆のように風を受けて

庭は実りの季節
たわわに実る葡萄は
落ちるのではない
引力によって
きりきり捥がれていく

むかし葡萄棚の下で
父母は椅子に坐っていた
私達も坐るだろう
影絵のように動かないで

さざんか

散りつづける時間の足音を

私の耳は捉えることができない
訣れる朝　母の指を握る
そっと握り返して微笑する
もう口のきけない母の
微笑が消える時
時間は白い着物を着たまま動かない

母も
母の生まれた母達も
花の中から叫ぶ
「今　土に還るのは不本意だわ」
と言いながら旅立つさみしさ
時間は焔の衣を
あでやかに翻してみせるが
色褪せてゆくばかり

樹はすでに
蕾を抱く
時間の腕に促され
ひとつずつ赤味を増し
膨らんでいく

詩集『天使のいる庭』（二〇一一年）全篇

阿児の浦の朝

午前六時二十七分
めりめりと東の雲がひび割れる
太陽は雲の階段から
一段めの地平線に
ひょいと大きな顔をのっけた

世界はばら色にほぐれる
ご来光は消えやすい
あたり前の太陽が姿を現すと
無数の光が地球を抱く
後生大事にしっかりと
充ちてくる潮の匂い

朝の砂浜を歩く
足許に光るのは七色に輝く巻貝
掌に載せれば歩きはじめる
住人はやどかり
螺鈿の家が気に入ったらしく
こちらを見ている

富士

小学生の頃
初めて富士をみたのは
銭湯の書割だった
ペンキ塗りたての富士は
夕日を受けて
湯舟いっぱいに映った

いたずら心が一瞬擡げ
飛び込んで摑もうとしたら
みごと真っ二つにこわれた

北斎の描く富士の絵が好きだ
江戸の職人の朝は早い
光をまとって現れ
ねじり鉢巻の男が
朝を濃くしていく
大きな樽は横倒しのままだ
抜けた底を覗いたら
天から降ってきたのか
ちんまりと富士が坐っていた

山に触れたくて
東海道線にとびのった
樹海に包まれた柔らかい裾野が
車窓にのびる
思わず手を伸ばしたら
山ひとつ列車の向うへ崩れ去った
会いたくて五合目まで登った
何処にも富士はない
石と土と瓦礫の山があるばかり

あなたは何も持たない山だから
コンクリの街　富士市の人は語りかける
花畑の眠る雲海を闊歩できたら
戻れなくても構わないと

天使のいる庭

山門を潜ると
スカートを膨らませ

白い花のように降りてくるのは
滑り台の少女達
寺の幼稚園は春の気配だ
切支丹の遺跡をたずね
美濃の山寺へやってきた
彼女達は信徒の末裔につながる
甦る骨格　甦る声

裏庭にまわると
松の古木に
仕置場はあった
役人の坐るまるい石と
刀をたてかける細長い石がのこる
寛文六年秋　切支丹が斬られる
過去帳に百人の名がみえる
涙が目尻をぬらし
親しい者のように立ちつくす

山門ではエプロン姿の子らが
隠れんぼのまっ最中
仲間にはいりたくてグーを突きだすと
愛らしいパーで包まれる私の手
山深い美濃は日暮が早い
お日様が近道するからね
夕焼にそまる天使よ

さくらと私

咲き極めた庭のさくらから
幾千億の言葉のかわりに
幾千億の微笑をもらった
小鳥がきて
嘴に花びらが触れる

ほのかな甘味を喉に流しこむと
樹間に消えた
腕を回しても
なお余る幹は
もう動かぬと決めたらしい

さくらは命を
まるごと大地に委ねてしまった
一木の意志
一木の沈黙
枝が揺れるのは
風にたわむれるだけ

娘の巣立った無人の家で
花に近づき　微笑を見あげる
このまま消えてしまいたいと思いながら

今朝もアリナミンの錠剤を
二粒飲んだ

女王の嘆き

エジプトの第十八王朝
ハトシェプスト女王は
博物館の棺の中で目をさます
カメラマンに囲まれ
ライトを向けられ恥しそうだ

頭を締めつける王冠もない
宝石もない
やっと自由な女になれた
見せ物みたいに
人目に晒されるなんてごめんだ

夜中に棺から立ち上り
古巣のピラミッドへひた走る

宮殿という檻にとじこめられ
国民の近くにいながら
檻が私と彼等を隔ててきた
降りつもる時間を集めて三千年
何を見てきたのか
誰を愛してきたのか
何と戦ってきたのか

砂漠の風が吹きつけて
ピラミッドの壁から
ゆき処のない砂がこぼれる
こぼれては道に小さな渦をつくる
女王は砂を見あげてひとり立ちつくす
前方にいた彼女は
いつの間にか砂に紛れてしまった

秦の始皇帝の陵墓を訪ねて

地下に並ぶ八千体の兵馬俑
彼等と平行に並んだら
私だけが秦王朝にすべりこんでしまった
兵士達の汗と血と枯草の匂いで
むせ返る

始皇帝の命令をのみ干し
のみ干して
兵士は焼物にかわってしまった
出撃の命令をまち
二千二百年立ちつづける

ひとりとして同じ兵士はいない
同じ方角に目を光らせる
失われずにきた気骨は
彼等を少しずつ軋ませてゆく
仄白い空気はかすかに死の予感をまとう

一号坑を出た足もとに
タンポポの花が咲いていた
干し物のゆれる村里
青空をつかもうとする赤ん坊
平和な世界があった

八丈島ひとり旅

この島はひょうたんの形に似る
くびれた西側の港に立つと
朝の潮風が私を洗う
ほこりにまみれた都会の空気が
空の彼方へ逃げていく

太陽よ　昇れと
八丈富士の稜線から
山のチャイムが呼んでいる
私の足もとに
ゆっくり近づくかまきりの子
柔らかい斧を振る子よ
私の指に乗ってごらん

宿の岩風呂に入る
涼しい風に目をとじる
生まれたばかりのかまきりの子は
私の掌から離れ

初めての夕立に驚くだろう
夕方　居酒屋ののれんをくぐる
八丈富士が窓から見える
女主人の髪の櫛を見ていたら
昔の遊女が目に浮かんだ
とび魚のくさやを
今夜のつまみになさいまし
焼酎は「島の情け」とくれば
旅の気分はばっちり上々
乾杯しましょ
近付く五、六人の客

屋久島の森

湿気にむせる森の中
屋久杉の枝のくぼみに
つつじが赤い花を咲かせた
谷底から風がゆさぶりをかけても
つつじと杉の絆は固い

屋久杉は遠い日の父
抱かれるつつじは幼い日の私
抱かれることの少なかった私は
何年たっても父を探す
生きている時も
亡くなった後も

私の骨格も
熱い火の心も
父親ゆずりの大切な贈り物
彼が家族から姿を消したなんて
私は信じない

中天に陽が昇り
ぴしぴしと杉の森にみちてくる光芒に
落葉はまだ呼吸しているように
濡れている

音楽会

練習室の鏡は
自信のないもうひとりの私をうつす
右肩を落とし
左肩を怒らせるところも
本当の私にそっくりだ
二人の私が入れかわっている
混乱して目を閉じる
朝の空気がほほに冷たい

朝顔がふだんの顔をして咲いていた

ベルが鳴る
音楽会の幕があく
胸はって舞台中央にたつ
闇に輝くアップライト一点
伝えたいのは湧き上る思いだけ
胸に抱く悲しみは
闇に咲く花になる
花とたわむれよう

クライマックスにかかる頃
私のすべてを
聴衆にそそいだので
私の中に私はいない
拍手のきこえる緞帳が
からっぽの私を引き寄せる

ヘンケルの鋏

秋の夜　母にお迎えがきた時
私は同じ部屋にいた
あなたは何処へいったのか
最後の吐息を知って
呆然とする
体が少しずつ冷えていく

火葬場の煙を眺める
生まれ　消えるものを眺める
ゆめの中の彼女は若く
小菊をちらした大島のきものを着て
風に吹かれていた

幾つかの秋が過ぎ
窓を開けると
母のいない椅子に
満月が腰かけていた

母の使った針箱から
ヘンケルの鋏を握ってみる
母から針仕事をうけつごう
月は母と私を照らし
あとのものは何も見えない
今宵の月の大きさ

闘う男

日曜日の朝
夫は庭のしだれ梅に近づく

雨のあとの春の光が
薄絹のやわらかさで梅と人を包む
彼の唇は花にふれる

銀座にでかけた折
昼食に誘うつもりで
彼の会社に電話をかける
突然きこえるどなり声
鳴りやまぬ電話
倒れる椅子の音
予期せぬ事態が起きたのだ

彼は私の知らない世界にいた
髪逆立てて怒っている
家庭を愛する夫よ
今は何者?
会社を支えぬこうとして
闘う男の力をみせつけられる

バス停で

背を向けた男三人
夜更けにバスを待つ
ぽつんぽつんと
互いに無視するところに
結界がある

夜が人を消しても
帽子は煙草をくゆらせる
オーバーは翻るが
足は見えない
おぼろな影が咳をする

最終バスがやってきた
三人が乗ると
彼等はこちらを振りむいた
帽子をまぶかにかむり
マスクに隠れて顔が無い
まがまがしい目だけが光る
聞き覚えのあるだみ声を残して
動きだすバス
追いかける私

滝壺

ふるさとの山裾に
小さな滝壺がある
夏一番の楽しみはそこで泳ぐこと
水着姿のかよちゃんと私は五歳

ほおずきを鳴らしながら
水に飛びこむ
快い夏の午後だった
「ほおずきを鳴らすと
蛇が来るよ」

かよちゃんの言った通り
輪をといた青大将は
水を裂いて近づいた
蛙はまたとない好物！
獲物ほしさに迫る蛇の目
震える蛇の舌
その時　見回りのおばあちゃんが現れて
泣き顔の二人は救われた

冬に氷の壺を沈める滝よ
歳月を経た今

一回かぎりの私の命をみつめると
滝の流れる永劫の時間が
何故こんなに懐しいのか

蝶

護送車がとまる
手錠をはずされた囚人がひとりずつ
トイレの建物にむかって歩きはじめる
昼下りのパーキングエリア
護送する警官が
早く行けと
顎でしゃくる
はりつめた空気の中を男は進む
トイレに入ると
羽化したばかりの蝶が
窓で羽を休めている
束の間のしっとりとした命の輝きよ
男は少年の日を思い出す
あげは　もんしろ　おおむらさき　しじみ
陽が落ちるまで追いもとめた蝶だ

何事もなかった顔付で
座席にもどる
護送車は森や川や
あじさいの群落を飛ばし
車窓に映る蝶は楽しげに浮遊する
あげは　もんしろ　おおむらさき　しじみ

赤いバラ

病院へかけつけた時

友のマリは事切れていた
ベッドには誰もいない
看護婦は素早くシーツをとりかえ
何事もなかったように
病室は落ちついている
テーブルにバラが一輪
彼女の好きな花だった
咲き極まって炎となった
たましいの形であろう
目の底をひやしてみつめる

十字架のペンダント

ラジオのニュースは告げる
キリストの遺体を包んだ布が
イタリアのトリノで発見されたと
彼の人の身長は百八十センチをこえ
血液はＡＢ型
王から王へ　商人から商人へ
めぐりめぐって
やっと日の目をみる

父が亡くなった時
生涯を終えたふとんを片付けた
畳は指が入るほどくさっていた
水が土に還ったのだ
二千年前の麻布も
水が土に還り
体の窪みを写したのだろう

二〇一〇年の春
銀座はブラウスの中まで明るい
女達を飾る十字架のペンダントは

何時の間にアクセサリーに変ったのか
木にかかった人の形が
人造ダイヤにふちどられ
目の前を過ぎていく
私は顔をそむける

高層ビルは空を狭くし
五月の太陽は
まばたきもせず見下す

軍用トラック

夥しい軍用トラックが
アメリカ兵を満載して国道を疾走する
覚悟のきまった横顔は口も車線も一直線
横須賀から海の向うの戦場へひた走る

車の轟音を聞くと
戦時に浴びたグラマン機銃掃射が甦る
低空飛行でやってきて
私達は射撃の的にされる
將棋倒しの死者を尻目に立ちさるグラマン

私はあの恐怖を忘れない
戦争に駆りたてられる兵士よ
死を免れた私は
恐怖をこえてつたえたい
戦争のない世界に住みたいと

国道がひととき静かになる
ビルの谷間の田の中に
賑やかな蛙の声がする
戦争と平和の混濁の世から

湧きあがる明るい声だ

地下鉄

大正時代
地下鉄をつくった二人の男がいた
早川徳次は浅草から新橋まで
五島慶太は浅草から渋谷まで
妥協を許さぬ二人の男をのせ
電車は新橋で激突する
使われぬ駅は壁の中にとじこめられた

虎ノ門から新橋のホームへ
電車がすべりこむ直前のことだ
車体は大きくかたむいて
私は思わず釣革にしがみつく

黄色いタイル張りの幻の駅が
今もここに眠るのを誰も知らない
女優の田中絹代がスカートを翻し
プラットホームを走り去ったことも

二本の地下鉄は
都民の活動する未来の足だ
今すぐ一元化してほしい
眠る遺跡の駅よ
息を吹き返せ
チカテツよ
ツテカチよ
逆転の思想にも
真実が生きている

おろち

出雲大社では
スサノオに扮する男が立ちあがる
おろち退治の祭太鼓がひびく
叩くたび
ざんざん　ばらりと
髪が宙に乱舞する
爆裂する音に
見物人は動かない
千年杉も動かない

面をはずしたスサノオは
茶髪のにあう青年だ
テレビのインタビューに答える
「村を代表し
スサノオを演じるのは光栄です」
汗の滴る顔が笑った

おろちは私の街にも棲んでいる
思いきり胴体をしぼりきると
電話線に姿をかえる
「もしもし税務署のものですが
還付金をお返ししたいのですが
ケイタイの電話番号をどうぞ」
我が家の電話が鳴ったと思うと
受話器から
生臭い息が臭った

白いワンピース

港のメリーは午後九時
馬車道のベンチに眠る
今日一番のさみしい時間だ
戦後アメリカ兵と恋におち
彼の帰還を待ちわびた
野毛の街に立ち
再会の日を信じていた

メリーは毎日ドレスアップする
白塗り　白い靴　白いワンピース
七十五歳まで待ちつづけ
月夜のベンチで亡くなった

何と彼女の肉体が消えてしまった！
メリーがいない
抜け殻のワンピースは
彼と踊ったワルツにのって
港をめざして狂ったように踊りだす

横浜港は荒れていた
海と岩壁は互いに身を投げだし
ぶつかりあって見分けもつかない
雨のしぶきによろめきながら
白いワンピースは
海の上を歩いていく
沖へ向って

鯛の切身

獲れたての
もっちりとした切身に刃物をあてる
塩をふり
グリルに火を点ける

魚を頬ばる私の口は
獣と同じ
その口は讃美歌をうたいだす

ひとつの口に
神と獣を棲まわせ
何の不思議も感じない怖さ

神と獣は私の中へ
前触れもなく入ってくる
体は開けっぱなしの窓だから
和睦と対立は
生涯ドラマを演じるだろう

焼き上りを見たいような
見てはならないものを見るような
香ばしいかおりが食欲をそそる
グリルの信号音が
ピリリンと鳴った

猫と落日

二階の窓から見おろすと
老いた三毛猫が庭をあるいていく

物置小屋のうらてへまわり
人がやっと通れるほどの空地に
横たわる
彼女の最後の場所だ

野良猫であるゆえに
彼女は傷ついているのではないか
生きるために仲間をたおす
いわしの一片を奪う
たちまち胃袋へ吸収される
空腹と放浪の一生だった
すべてが過ぎてしまえば幻のよう
彼等がどのように生きようと
幻の生涯を送るだけなのか

母のにおいを嗅ぎつけて
三毛の仔猫が傍に坐る
首を傾け
母の目覚めを待っている

彼女の肉体は
少しずつ物質にかわる気配
大方のことは済んだ気がして
つつましく手足を揃える
大きな落日の下
背中が一瞬きんいろに輝く
ひとつの真実として
旅立つものが目を閉じた

蜉蝣《かげろう》のように

足を病み
病院のベッドで

新聞少年の単車の音が近づく頃
やっと眠りに落ちる

おはようございます
病室の朝は
看護婦の明るい挨拶から始まる
微笑みと共に
てきぱきと記録する病人の血圧と体温
彼女は光をもつ人だ
庭へ音符のようにおりてくる雀たち
車の騒音にくじけず
夏の先端で力いっぱいうたいきる

昨日のことだ
隣のベッドにいたおばあさんと
とりとめのない世間話をしていた
気がつくと
それから彼女の姿を見ていない
病棟にお迎えがくるのは日常のできごと
人の領域をこえ
成り行きのまま
生も死も蜉蝣《かげろう》のように揺れている

肉を頬ばる

朝まだき
冬枯れの木のてっぺんから
目を放さない
番いの鴉は雀の巣をねらっていた
巣は木の中ほどにある
釘付けになる鴉の目
突然　嘴は雀の寝込みをおそって急降下
あばれて飛びだす雀たちを

くり返しつついて弱らせる
一匹ずつ逆さにくわえると
灰色の空へ消えさった
ボロボロの巣に羽毛二三枚がみえかくれする
木は呆然と立つ

それは病室の中庭で起きた
私は足を病み
病室の窓際で朝食をとっている
かしわの香り焼と空豆のサラダ
フォークで肉を転がす私と
雀をくわえる鴉と何の関わりもない
けれども肉を頬ばる食事は
同じように酷いではないか

鴉の去ったガラス窓に
虚ろなひとが
今にも消えてなくなりそうなひとが
立っている
それは紛れもない私
向うとこちらの世界を
たった一枚の薄いガラスに仕切られて

川祭り

西尾張は土地が低い
幼い頃　木曽川が暴れた
昏い空から土砂ぶりの雨
まず履物がさらわれる
夜更けに目の前の川が
立ち上って滝になった
竜に変身して

四百年たかぶる踊りの輪は
今　最高潮だ

逆巻く波の上から村を睥睨する
人も田んぼもひと呑みだぞ
襲いかかる真赤に裂けた口
人はただ手を合わせるばかり

半世紀が過ぎ　今夜は川祭り
木曽川にまきわら船が浮かぶ
鎮まる川を願って
三百六十五の祈りの数だけ
船に提灯をともす
楽の音をならし岸を離れる竜宮城
河原で打ち鳴らす祭太鼓に
ねじり鉢巻の若い衆は
じっとしていられない
くねる手　ひねる足
次第にテンポアップして
うっとりと楕円形の笑顔がならぶ

詩集『光から届く声』（二〇一四年）全篇

I

貝殻の中

巻貝の殻を砂浜にひろう
口を覗くと
長い時間をくぐり抜け
そこに何かが棲んでいたらしい
その小さな部屋に
日々の暮しがあって
少し黒ずんだが
時は美しい灰色に変えた
むかし小さなアパートに世帯を持ち
男の子を生んだ
まるまる太った腕に手を添え
スプーンにひかりを充たして
口へ運ぶ
その子は急に泣きだした
もっと欲しいと
舌を巻きあげ呑む仕草
思わず抱き寄せる
窓のカーテンも小さな部屋も
ふくらんでみえた

犬がうたう

私の教えるピアノ教室の庭に
犬がうずくまっている
鍋を伏せたようだ

この家の奥さんは
美容院へよく行く人だった
犬を散歩に連れていかない
つながれた犬の耳に
週に一度のレッスンの日には
子供達の歌声が流れてくる
彼は小屋をでて
音階の崩れた声で歌いだす
目を細める彼の顔が窓越しにみえる
伴奏を弾きながら
犬の歌声が楽しみになった
しばらくして彼がいなくなった
小屋を通るたび
動きだすうずくまった犬のかたちの闇

鈴の音

白い小犬メリーを飼う
毎日　走り回るので
鈴を結んだ
一日彼女の音を楽しむ

今朝　鈴の音がきこえない
手足をきれいに揃えて
家の前で車に轢かれた
信じられなくて
耳を澄ます

メリーは何処へ消えたのだろう
目をつむると

彼女は入道雲の一角から躍りでて
夕焼雲へ一目散に走り去った
食塩のように白かった

人が生まれても犬が果てても
時は同じように流れる
時は私のものではない
一瞬の間にメリーは車に轢かれ
又もとの沈黙にかえる
秋の夜の風の冷たさ

時の不思議な意味を感じとったのは
ずい分あとだった

飛ぶ

木の葉の上に
みかん色の毛虫が休んでいる
この植物にルリタテハが生まれることがある
毛虫をそっと飼育箱にいれる
どこからか蝶が一匹おりてきて
書きあぐねる比喩のことばを
耳元にささやく

ひと月が過ぎた
仲間の五匹とともに
蝶たちは羽化した
お前たちは何処からきたのだろう
光る時間を巻きもどし

やさしい羽音をきかせる

彼等は私といっしょに電車にのり
秋晴れの空へ飛びたった
「飛ぶ」という字が弾けて
この字の右上の点々に
キラリと命が宿る
蝶が消えるまで
秋の陽に揺れ見送る私

鳩のいる広場

日当りのいい窓辺に
鳩が羽根を休めている
ガラス戸一枚を境にして
隣りあう私に気づかない

広場に群れる仲間の鳩に
たえずふり向く

パン屑を抱えたおじいさんが
九時に広場にやってくる
朝ごはんの時間だ
その時　上空から鳩をねらう鳶
安全と災難の運命は
紙一重の差できまる

広場のベンチで
暖かい日に老人は日なたぼっこ
子供はお尻を振って砂あそび
鳶は人を恐れて近づかない
不思議なバランスを保ち
人と鳩は生きている

鳶は去った
咲きそろう葉牡丹のうずまきが
ゆるみはじめる
鳩の瞼の上を
初冬の光がゆっくり通りすぎる

今朝の新聞に
宇宙船ソユーズの船長の話がのっていた
宇宙から地球をみれば
人はみな同じ船で旅をしていると
この広場も
同じ船にみえてくる

晶子と牡丹

与謝野晶子は
私の好きな歌人だ
今朝の新聞に
彼女の新しい歌がのっている
所は愛知県の西
津島市の料亭の戸棚の中
彼女は八十年前に店に立ち寄り
「美味しいスープだわ」
機嫌よく歌を詠んで店に残す

料亭のすぐ近くに
若い頃私は住んでいた
久しぶりに短歌は目を覚ます

　くれなゐの牡丹咲く日は大空も
　地に従へるここちこそすれ

目をつむれば

満開の牡丹は
つぎつぎ地を離れ
地球を嫌って
現代の宙をさまよう

織物の盛んな街だった
女工で賑やかだった
彼女たちも散り
日光川は黒く濁る
中世の化石のような街の体臭から
抜けられない

そして今

「白」と「知る」は
同じ仲間の言葉ではないかと
学者「白川静」は言う
神奈川県三浦半島で
弥生時代の遺跡が発見される
鹿や馬の骨を焼き
古代人は未来を占ったという
白骨化されたされこうべを「シロ」
占いによって知る霊の世界を「シル」
「白」と「知る」をひらがなで書けば
すぐ意味の分る似た者同士の暗号だ
やまと言葉は歴史を背負い
血の流れを尊んだ
やまとの人の名残りの言葉
奈良時代まで
私達は文字を持たなかった
漢字が海を渡ってくると
言葉は漢字に封じこめられた
漢字の明るさに言葉は敗けたのだろう

「古事記」が生まれた
古代の神々は生き生きと踊り笑い
時空を越えて
現代の私達を遊ばせる

平清盛人形展

清盛は二つの異った目を持つ
丸い大きな左目は
平安の世に政権を摑むためだ
切れ長の右目は
日本を貿易国にするために睥睨する
くさった荘園制度は捨てねばならぬ
国を富ませねばならぬ
福原に貿易港をつくろう

福原港の工事は
猫の手もかりたいほどの忙しさ
男達は雨にも負けず風にも負けず
疲れの残る体を責めて石を運ぶ
夜がくると
船底に頭と足を差しかわし
ぎっしりとみんなで眠る
引きずる彼等のぞうりの向うに
新しい港が生まれた

夕日に輝く石造りの岸辺に立ち
直衣姿の清盛は夢みる
あ　南宋の貿易船がやってくる
地平線からしぶきをあげて
眩しい孔雀の羽　景徳鎮の陶器
絵画　書の巻物などを
空はかき混ぜて映しだす

「また生きるぞ」
彼は天に向って叫び
陽は最後の一瞥をくれると
光をぴたりと閉じた

墨染の衣

若い時、ホテルのフロントで働いた
マネージャーは語る
「よくいらっしゃいましたと言って
客に頭を下げて上げるまでに
あなたは気をつけてほしいのです
客の身につける靴　衣装はきちんとしているか
荷物はあるか
納得できる表情の人か
一瞬にして相手をみわけ
こちらの身につけてしまうのです
もちろんにこやかな顔付で」
学校を卒業したばかりの私は
鏡を睨んでおじぎをくり返す

或る日の午後　僧侶がフロントへやってきた
「休みたいので部屋はありますか」
墨染の衣をなびかせながら
ボーイと共に部屋に入る
すると僧侶をたずねて尼僧がやってきた
慌てた様子で僧の部屋へ消える
数時間がすぎた
何事もなかったように
僧は私の前を通りすぎ
センセ　センセ待っておくれやす
と呼ぶひとは
京ことばで追いかけた

この記憶を忘れることができない
二人の身につけた墨染の衣は
舞台衣装のようだ
舞台衣装を解き放した二人は
密室で
歓びを分けあうことができたのだろうか
私の中の一番深い処で
私と抗い難い欲望の塊が
激しく鬩《せめ》ぎあうのだ
生きる限り
私も墨染の衣につながれて
鬩ぎあうのだ

流木に掴まる

日曜日の朝　鐘が鳴ると
司祭は裾をひるがえし
礼拝堂へ急ぐ
振りむくと
彼の目は空のように碧かった

司祭はカラオケの好きな人だ
午後ジーパンに着替えると
助手の田中君と街へ向う
店まで先へ先へと心が跳ねるので
スポーツシューズも従いてゆく

カラオケルームで二人はマイクを握る

不意に田中君の足がよろめいて
司祭は片隅へ彼をつれていく
彼は罪を告白しはじめた

ざわめく空気から切りとられ
しずけさの中で
心こそ光るものであろう
田中君は唇をかみしめ
ただ祈ることしか出来ない
司祭は手を握る
体温の通いあう二人の濃密な時間

彼はやっと微笑をみせた
流木を摑んだのだ

潜水船の鏡

神戸で働く息子が、仕事で深海の潜水船に乗船するという。珍しい仕事に出逢う彼に、私が興味を示すと彼から、長い手紙が届いた。海底で起きた様々なニュースは、私の想像力をふくらませ、喜ばせた。

息子ののる潜水船は
海底六五〇〇メートルの地点をめざし
日本の資源を探し求めて
出発する
異常な水圧を感じて
思考力を妨げる時がある

潜望鏡の向うで

雪のように激しく降るのは何だろう
何故ちいさな白い花の群が降るのか
冥土から思いちがいをして落ちてきたのか
機具にふれる音だけの旅が
男三人でつづく

白いプランクトンの死骸が
鏡に添ってどっと落ちてきたとしても
極限の世界にいると
生きものが恋しくて
動くものはすべて生きものと思ってしまう

彼等は錯覚に気が付き
それはプランクトンだと納得する
限られた三時間の空気を吸って
仕事をすませ
地上へ出発する

浜辺に三人が立つと
夕日が
正面から光を滴たらせ
船も男たちにも
同じ色の影をつくった

あなたは誰

「しんかい２０００」の潜水船は
沿岸に近い浅瀬の海底に着陸する
すぐ傍に十年前の三陸沖地震の亀裂をみつける
マネキン人形の女の首が
そのギザギザとした深みに落ちていた
髪の毛は抜け
緑の海藻が額にたれる

水中投光器で光をあてると
生きているように目を開ける
女の首よ　もしかして
誰かに会いたいのなら
わたしは
蛇のようにそちらへ渡ろう
見れば見るほど
私にそっくりな顔は
欲望を昏く秘めながら
ビニールのゴミ袋の上に
じっと居坐る
あなたは誰?
浜辺に近い潮の波は
死者の影をゆっくりと生む

叶夢《かむい》くんとグラブ

福島県相馬市は
三年前の春
東日本大震災と津波に襲われた
少年野球のキャプテン四栗叶夢《よつぐりかむい》くんは
家もグラブも瓦礫の中に失う

家族と共に命の助かった彼は
庭の瓦礫の一番奥を覗く
隣の家からもれる一本のろうそくの光
隙間からひとすじの光が目に飛びこむ

若しかしたら
グラブを探しだすことが出来るかも知れぬ

彼は一縷の望みを胸に刻む
山のような瓦礫に向きあい
スコップを握りしめる

マグマの溜る大地に触れると
人肌に近い暖かさ
彼も大地も生きている
二者の戦いがはじまるのだ

汚れきったグラブを
大地から受けとった時
喜びの余り
彼はグラブを抱いて駆けめぐる

今年の夏　東京ドームで
叶夢《かむい》選手は立ち上った
彼の雄姿をみて
テレビの前で
日本中の人が拍手を送ったであろう

原発はいらない

福島県二本松市から東京へ
関さんはひとり歩いて出発する
「原発の危険を忘れることができません
我が家の庭の放射性物質は
国と東電に返さなければなりません」

二〇一二年六月十二日
庭の土を入れたリュックサックと菅笠と
六十一歳の彼は歩きだす
庭の土は毎時7―9マイクロシーベルト
土に坐ることができない

外で遊べない子供の体重がおちる
「原発はいらない」の
ポスターを体に巻くと
通りがかりの車は
クラクションを鳴らして励ます

人間は土の上でしか生きられない
本能からほとばしる叫びを伝える為に
強く一歩をふみだした
白熱する時間
夢みる充実の時

初日

薩摩切子のグラスに
ひとりワインを注ぐ
朝の庭に目をやると
椿がゆれ　なだらかな起伏をみせる
雀がおりてきて
しきりにさえずるのだ
せいいっぱい生きてやるさ
光を浴びて嬉しいのだろう
けさの初日の罠のあかるさ

Ⅱ

砂漠を逃げる

食べ物と着る物をぎっしり詰めて
布袋を背負うアフリカ　ナイロビのお母さん
七人の子供と砂漠を逃げる

胸に幼児を抱き
六人の子供は小走りについてくる
私は
テレビの画面を追いかける

その時
我が家の目の前のテーブルが
突然　真二つに割れた
中からとびだしたのは
ふる里の赤い花畑
ひとつひとつの花が頷いて
生きて生きてと叫ぶのだ
私には
命を呼び覚ますふる里がある

画面のでっぷり太った母親は
インタビューに応じる

「夫も死んじまった
家は焼かれて
ふる里は捨てたよ　よかったら
子供ひとりをあんたに上げても
いいんだよ」
アナウンサーにウィンクする
彼女のいたずらっぽい目は
不幸を吹き飛ばすだろう
愉快なユーモアは
みんなの命をつなぐだろう
彼らの未来に
希望の光がみえる気がする

朝の集落

トルコ・カッパドキアの集落は

朝日を浴びて真赤な花のようだ
火山灰と溶岩を何千年も被り
屋根は赤いベレー帽に
壁は古代人の頬に
二つの窓は目に
ドアは笑う口になって
廃墟の村は
異次元の人々の棲家になった

丘に登れば
古代の岩づくりの家が
見渡すかぎりつづく
この不思議な家の
隙間にたまる朝の光は
窓ガラスを屋根を壁を染めつくし
せっせと光をまとめてつなげば
悠久の空になる

悠久の空と消えゆく水たまりと
生きとし生ける者の境界線に立っている

スコットランドの小さな眼鏡店

ギイギイきしむドアを開ける
うす暗い奥の部屋で
電球に顔を光らせ
職人肌の主人がふりむく

度のあわない眼鏡を
彼はす早く引きよせ灯りにかざす
一対のレンズに
新しい命が吹きこまれる
出来上った眼鏡で
辞書を開いてみる

生き生きと目にとびこんだ
「鬱」という字が

スコットランドは
照りかげりの烈しい土地
森は揺れて又揺り返されて
からっぽになって
誰に向って叫んでいるのか

みかん色の電球の下
向きあう主人と私は
拙い英会話を交すうちに
眼球と眼鏡の間に
微笑がほんのり現れた

ネアンデルタール人は野菜好き

スペイン北部のエルシドロン洞窟から
ネアンデルタール人の骨が発見される
彼等の歯の中に
植物に含まれる物質がたっぷり
肉と苦味の物質が少々
二十万年前に
野菜好きのグルメであったとしたら
彼等に会ってみたい

上野の国立科学博物館を訪ねると
復元された小柄な男の像が
肩に毛皮をたらし上目使いで私をみあげる
肉も頬ばらず

やせて元気がない

はからずも出会ったスペインの人よ
あなたがグルメの人なら
尋ねてみたい
これほどまでに豊かな味覚が
何故どのように発達したのか
私と同じ野菜好きの人よ

時折ピアフが

ピアノを叩く指の力を失った
あらゆる予定が狂ってしまった
どこからかシャンソンの前奏が聞こえる
耳が反応する
喉は急いで空気をつかみ
唇に歌をのせる
歌えないと思った私が
歌うことができた
体の中の不思議な径を
音は一気に遡って
ピアノから喉へ
楽器は変身する

生まれ故郷は
雨上りの誰も知らない花の中
香りにのって
音楽会のホールの
くらやみの座席を縫い
ひとりの耳に近付く
悩みを抱える人に
命の行方の見えない人に
拙い歌を届けたい

歌手　エディット　ピアフよ
あなたは時折　譜面からぬけだし
顔を見せる時がある
微笑は夢みるように
凄味を残したまま

Ⅲ

おむすびのような母

私が赤ん坊だった時
はじめて目にしたのは
光を背にした母のほほえみだった
あれからだ

私の内に
母が棲みついたのは

父と別れ私の家に身をよせた母
娘のように私に甘えて
眠る時は私の手を握って目をつむり
亡くなる時も私の手をほしがった

彼女が世を去っても
夢の中で茶の間に現れる
白い割烹着の
おむすびのような母だ
濃いお茶をいれる

今日は秋分
夕日に染まる墓石をみがく
石の暖かみが嬉しい

供えた白菊が
来世まで匂ってほしいのに
母との距離は遠いまま

月あかり

父の葬式の日
納棺師にいわれ
父の足に脚絆を巻く
足は陶器の冷たさ
この足に草鞋をはかせ
黄泉路へ送る旅を案じる
束の間の稲妻のような死におどろき
どうしたらよいのだろう

父を見送った日の夜
ひとりで生きるより
いっそ父を追いかけたいと
とっさに思った時
私の十本の指は総立ちして責める
人生にあと戻りは許されないと

私を見下す月は
柔かい影をつくりながら
微笑する
私は月に動かされる
待つ人のいない部屋に流れる
月あかりの嬉しさ

在りし日の彼の微笑

川崎臨海部の夜景は

魔法にかかっているらしい
水に映る影さえ
昼間の傷あとのようにみずみずしい
光の群はてっぺんが好きだから
製鉄所の一階に巻きつくと
光るパイプは
人体をかけめぐる血管を思わせ
蒸留装置は臓器をひろげた図のかたち
煙突からのぼる白やオレンジの蒸気は
血管や臓器にふれながら
空へゆらゆら向う
生き生きした風景よ
私は何故昂ぶるのか
死者を探しているのか

数年前に
夫は肺癌の手術を受けた

十時間の手術が終り
夫はベッドで微笑を送る
安心する私
三分の一の肺を除いたという
洗面器のふきんをとれば
赤い癌細胞の山もり
医師がボールペンの先で叩くと
キーンと堅い音
肺は赤黒い物質に変った
まもなく彼は息を引きとった

再びプラントの瞬く夜景に目をやる
製鉄所は崩れ　裂け目から
幾千の魂が目覚める
光を溜めて空へのぼる
糸のついた風船が放されたようだ
静かに降りてくるのは

在りし日の彼の微笑の顔だ

別れ

彼の肺の痛みを思い
医者をみつめる
延命治療はいらないと伝える
秋はカーテンを開けると降りてきて
私の額にひやりと触れた

同じ部屋に眠る私の
知らないわずかな時間に
彼は息を引き取った
悲しみはそのまま受けとめよう
雨の後の青空の日を静かに待とう

めぐりあう日を祈りながら
彼の眠る墓を洗う
「夢」という字を刻む
目の前に幾百千の蚊の群が
はっとするほど大きな球体をつくる
血を欲しがる甲高い声は
更に高まってゆっくり球体が動きだす
私の手の届かない生と死が
こんなに近く隣りあい
息を殺してみつめる私
血に飢えるものと安らかに眠るものと

沖縄の海で

ひとと別れた時
握手は暖かった

魂《まぶい》の海の暖かさだ
波が私を洗いつづけても
あなたの声　手のぬくもりが残る
あなたと私の境い目がないのは
何故だろう

ひとと別れを重ねてきて
生きていれば又逢いましょう
たとえ言葉が言葉だけに終っても
私は告げたい
時は私を慰めてくれるだろう
波が小気味よく肩を叩いて
私に知らせる
あなたはあなたであるように

光から届く声

雷が恐いと知ったのは、小学校五年の時だった。台所の土間にひとり立って、遠い雷の音を聞いていた。音がもっと離れてほしいと、心の中で願っていた。けれども急に雨が激しく降りだし、眩しくて目が開けられないほどの光の束とすさまじい轟音が目の前を襲った。同時に私の体の中に強い電流が地の底から足許へ走った。天が割れたと思った。雷が落ちたのだ。恐さの余り、目をつむってその場にうずくまってしまった。大きな音も眩しい光も消えて、あたりは静かになった。私は咄嗟に死んだかも知れないと思った。思ったということは死んでいないと知り、恐る恐る目を開けた。ほっとした。

雷は隣の家に落ち、土間に立っていた私の体内から電流は突き抜け立ち去ったようだ。家の外では近所の人が集まっていた。興奮した声で皆が話しあっていた。煙が私の家にさかんに流れ、隣の家は火事になった。

当時は大東亜戦争がはじまっていた。父は名古屋で会社に勤めており、母と私は戦争を逃れ、岐阜の山深い村にひっそりと暮していた。

昭和二十年に戦争は終った。その少し前に、隣町の各務原飛行場が空襲で焼けた。私の暮す村とはほんの十キロ離れたところの出来事だった。夜空の半分は真赤に染まり、火の手のあがる空から私は目を離すことができなかった。

ブュンブュンと火の粉が宙に跳ねあがり、爆弾がひっきりなしに落ちていく。耳を澄ませばホッホッパチパチと燃える音が少し聞こえる。幼い私には不気味な光景であった。闇は赤黒く爛れて炎と私を包みこむ。私は闇を摑んでみたけれど、何の手ごたえもなかった。闇の向うにある見えないものはすべて、私には想像することもできなかった。

戦争も終りやっと平和な時代に戻った。父親は私と母を迎えにやってきた。私達家族は名古屋で一つ屋根の下で暮すことになった。学校を卒業成人した私は、二十五歳の時、正夫と結婚した。

夫とは半世紀ほど穏やかな生活を共にしたが、二〇一一年九月一日の夜明けに病院で亡くなった。八十歳の安らかな顔で目を閉じた。

亡くなる三年前に医者から肺癌と言われ、片肺の三分の一を手術した。その半年後、肺は再び癌につぶされ、亡くなる六ヶ月前からミルクとシュークリームしか喉を通らなくなってしまった。私が附き添って泊るのを喜ぶので、出来るだけ泊って看病につとめた。

彼が亡くなって私は淋しかった。淋しい筈はない。彼は神の国に召されたのだから、不安に思うことはないのだ。しかし別れに馴れない為か、くよくよ心配をした。夫にはキリスト教を理解してもらいたいと思い、折をみて聖書の話をしていた。

今泉の家は四百年の歴史があって、当時から伝わる持仏を大切に守りつづけてきた。仏壇には原稿用紙のＢ４ほどの大きさの位牌が十三枚あった。私達は十五代目の子孫に当るという。夫のキリスト教入信を半ば諦めていた私に、亡くなる一ヶ月前に突然入信したいと言いだした。

ベッドの傍に坐っていた私を見上げて、彼は話しかけた。顔は血の気もなく、以前より肉が落ちているように思われた。

「葬式の用意はしなくてもいいのか。お前の喪服は箪笥から出してあるのか。来てもらう親戚の人の名簿は紙に書いてあるのか」

心配そうに尋ねる声に私は堪らない気持で言った。

「一体、誰の葬式だというの？　亡くなるのは貴方です。その人が心配して世話を焼くのは本当に辛い。葬式は私が責任をもって勤めますから、何も言わないで。貴方は自分のことだけ考えて下さい」

もう力尽きて彼は口を閉じ、目を瞑った。

その夜、私は彼のベッドの後へ廻り、背中をさすり続けた。肺のツボを見付け、さすり続けた。

「貴方の命がこの世にあっても、あの世に逝っても私には同じことです。朝、目を醒ますと貴方の写真に向ってお早ようと声をかけ、夜にはお休みなさいと言って眠るでしょう。しばらくしたら会いに行きますから、待っていて下さいね」

病室の淡いスタンドの灯が彼の青い翳を冷え冷えと映しだしていた。

ひとりになった静かな夜、私は神にたずねた。夫がクリスチャンを望んだことは、私が自らの信仰に自信を持っていいのだろうかと。その夜は私の部屋にだけ電灯が点っていたが、突然目の前が眩しいほど明るくなり、思わず両手で顔を覆った。はっきりした声が遠い処から話しかけてくる。

「それでいいのです、あなたの信仰は間違っていない」

「わたしはあなたの事をみんな知っています。この家に嫁に来て間もなく、失職した実家のお父さんが、妹娘とお母さんを連れて助けてほしいと言ってきました。今泉の人達は反対したけれど、あなたは黙って自分の両親と今泉の両親の世話を長い間つづけました。あなたは誰にも打ち明けないけれど、私は知っているのです」

気が付くと眩しい光は消えていた。不意に体内が熱くなって、心臓に湧き立つような喜悦を覚えた。味わったことのない経験なので忘れることができない。

幼い頃、岐阜の山あいに住んでいた頃、家の隣に雷が落ちた。あの遠雷の響きを今も記憶している。台所の土間で私の体を貫いた強い電流の衝撃が、半世紀を過ぎて光の中から耳にした、あの励ましの声に重なるのである。

未刊詩篇

位牌を移す

古い家を修繕するために
共に暮した位牌をあす寺へ移す
嫁にきて長い時が経つのに
仏壇に触れるなと言われ
初めて扉を開けて「生《しょう》」を抜く
別れの経をよみ落ち着いた
彫られた位牌の金文字は
夕陽の光にふるえる

過去帳によれば
武士であった先祖は
関ヶ原の戦いに敗れ
木曽川にそって南へ逃げた
海の見える私の家に落ち着く
彼の位牌は元禄元年に刻まれ
戒名は「無量院不岩宗易居士」とある
三百二十七年の月日が過ぎ
私は十四代当主の妻である

仏壇の奥の木箱を掌にのせる
宝物は仏の指の骨一本である
釈迦は二千年前に生きて
平和な日々に出会ったのだろうか
空を見上げると
夏椿が亭々と枝をのばし
ひと花高く咲いている

ギター

大震災のあと
打ちあげられた松の木から
ギタリストは目を放せない
浪でギターを失ったが
海は命の生まれるすみか
浪の動きは海の息遣い
海の命に彼の目は光る

足許の松毬をひとつ
てのひらに載せる
てのひらは心と結ばれ
マグマが動きはじめる
檜は切られて千年を過ぎ
もとの強さに戻るという
松を楽器に蘇らせよう

湿った松を陽にさらす
木の傷をさけ
二枚の板に糸を張る
冴えた音色を思いだし
弦を祈るようにみつめる
透明な空気を吸い
弦の尖端まで秋が光る

エッセイ

夜の部分

舅は茶の間で、下着の紐を内臓の一部のようにずるずると引っ張っていた。昔の下着の紐はゴム製でなく糸のよったものであったから、長年使っているとすり切れて手垢で汚れてくるのだった。白内障で濁った目は、あらぬ方をみつめている。傍で縫い物をしている姑は、めがねをずらせた横目で冷ややかに見ているだけだった。嫁の私はたまりかねて、舅に駆けより手を貸そうとした。

「あんた、やめなさい。ほっとき」

姑の強い語調に驚いて私は舅から離れた。

窓から射し込む夕日に下着を透かしながら、紐の入口を探している舅が哀れだった。夕映えが暗い茶の間を照らし、舞台の照明のように二人を浮かびあがらせていた。

舅は、幼い頃の話を私にしてくれたものだった。五歳で母と別れ、継母に育てられたという。

新しい母にすぐ子供ができたから、五歳の少年は自分の下着の洗濯や繕い物を、自分でしなければならなかった。下着は少年の皮膚の一部のように思えてくるのだった。

干し上った洗濯物をしわのないように伸ばし、何度もたたみ直して簞笥にしまい、引き出しを誰にもさわらせなかった。犬が傷口を舐めて直すように下着の修理を丹念にするのだった。

舅が姑と結婚しても性格は変らなかった。嫁にきて、夫の肌着を洗濯しようと、何気なく触れた時だった。舅は異様な声をあげて、

「さわるな！」

と言いながら洗濯物の前に立ちはだかったという。

それから六十年間、舅は妻といえども、自らの肌着に触れることを許さなかった。継母の話も妻にはしなかっ

たし、姑にしてみれば偏屈者に思われて、夫として馴染むことができなかったという。

子供は生まれると、見えない目で明るい光を探しはじめる。目が見えるようになると昼と夜を覚え、光の中に母を見つけて微笑む。舅は光のような愛を知らず、年老いて目が見えなくなるまで母を探しつづけたのだろう。

茶の間に夜が訪れて、別々の方向に坐っている老夫婦の膝のあたりから、ひっそりと昏れていった。

（詩集『能登の月』所収　一九九二年九月）

夢二題

「夢」を辞書でひくと、眠っている間に種々の物事を見聞きし、それを感じる現象とある。

余り夢を見る事のなかった私は、五年前に母を亡くしてから彼女の夢を見るようになった。亡くなってからしばらくの間、毎夜のように訪ねてきた。本当にこの世にいないとは思えなくなった。

玄関が開く。明るい声で、ただ今と言ってやってくる。お帰りなさいと返事をして玄関に出てみると、笑顔の人がいつものように立っていた。

お茶が好きで、特に熱いのを湯呑みになみなみと注ぐ。それを冷まさないで一気に呑んでしまう。お茶の用意をしようと思い、台所へ行って戸棚を開ける。すると隣の部屋から声がして、今日は泊っていってもいいかしらと言う。それなら二階へ上って蒲団を敷いておくわ。寝巻はタオル製のが好きでしょう？　すまないね。造作をかけるわね。二階へと階段を上がりかける私の後姿を彼女は見上げた。

二階の用事を済ませて、降りていくと姿が見えない。おかしいと思い、あたりを探そうとした時、眠りから覚めた。まだ耳に母の肉声が残っていた。

台所へ行って確かめてみると、昨夜片付けた通りになっている。盆も茶碗も流し台に出ていない。客間の蒲団も押入れにしまってある。初めて夢だと納得する。それにしても何故毎夜のように訪れるのだろう。

生前、母は殆ど私の家で暮していた。午前中は丹念に新聞を読み、午後はテレビを見たり眠ったりした。夕方の日課は散歩。私との穏やかな暮しが一番長い。

私は生まれて二十五年間両親と暮した。結婚後、実家を離れたが五年ほどして父は事業に失敗した。両親は私の家に身を寄せた。まもなく父と母は別れたので母は私が世話をする事になった。父は老人ホームへ入居した。

母の人生と私のそれは、常に重なっていた。彼女の喜びと悲しみを一番知っている気がする。一人で二人分の「生」を味わうことになった。豊かな「生」であったと思う。九十歳で亡くなるまで私から離れる事はなかった。母親であった人がいつの間にか、娘に変って生み返していた。

晩年は娘のように甘えた。三度の食事を楽しみにして、野菜の煮物と海老の天婦羅を好んだ。そら豆の皮をむいたり、牛蒡のあくを抜いたり食事の簡単な下拵えを手伝った。人の為に役立つのを願っているようだった。

食欲が急に衰え、夫の買ってきた文明堂のカステラを食べなくなった。亡くなる十日前だった。体が弱ってしまうぞ。カステラをもっと食べるように薦めたらどうだ。

薦めても駄目なの。お迎えが近いらしいわ。貴方の気持は分かるけど、食べる力を失ってしまったのでしょう。

夫はものを言わなくなった。春の初めの朝、煙のように逝った。

夢の中の彼女は実に楽しそうだ。ただ今、お帰りなさいという会話を重ねていくうちに、現世と異界の区別は失くなってしまった。

春のめだか、雛の口、すみれの花びら、春に息づく小さなものが私は好きだ。母も小さくなり軽くなったであろう。

昨夜、十六夜の月が居間のガラス戸の中央に姿を現した。私と夫は椅子に坐り、黙って月を眺めていた。


母の亡くなる前の晩、彼女の横で添寝をしていた。自分の力で寝返りが打てなかったので、十五分おきに体の位置を変える手伝いをした。夜半静かに眠る人が強い口調で突然ものを言いはじめた。夢の中に父が現れたらしい。

どうして今頃ここへ来るの、何処へも私は行きません。帰って下さい。ここで良くしてもらってるのに会う気持はありません。早く出ていって、早く。

父の声は聞こえてこないが、荒々しい表情に変化する彼女の様子は只事ではない。

お迎えの近い母を、死んだ父が黄泉の国から探し求めてやって来たのだろうか。母は幾度も拒んだが、父は帰ろうとしなかった。死にかかっている母と死んだ筈の父との争いを、近くで聞いていながら、私には踏みこむ事のできぬ別世界と気付いた。蒲団の上にペタンと坐っているより仕方がなかった。

時間は午前二時半。外は春雨が静かに降り注いでいた。雨は深夜の異様な時間を、時計が時を刻む音で伝えていた。小さなスタンドが二人の枕元を照らし、薄暗い寒々とした四畳半の部屋を浮き上がらせた。

蒼ざめた母の頬が赤味を増していく。猫撫で声で寄り添う振りをして、母にそして夜にぐいとのしかかる父の強い力に屈服したのか、彼女は突然激しく泣きだした。大きく開けた目も口も涙で汚れ、手放しで泣きじゃくる母に驚いて後から抱いた。薄い肩だった。骨がカタリと崩れ落ちる気がした。

夢を見たのよ。怖い夢を見たのよ。私が横についているから、心配しなくていいの。お父さんはね、遠くへ行ってしまったからね。もう大丈夫よ。

涙が枯れるほど泣き尽せば、気持は落着きを取り戻すだろう。そっと肩を抱きながら共に横たわっていた。泣き声が止んだ時、小さな寝息が聞こえた。

空が白む頃に彼女は息を引き取った。

残された私は喪主を務めなければならない。まず髪を整え、黒いスーツに着替えよう。一切の事に目を瞑ろう。葬儀が終るまでその事のみに心を動かそう。家人も娘もきっと手を貸してくれるだろう。

立ち上り、東の窓を開けると、炎のような朝焼の空が見えた。


（詩集『蔦の這う家』所収　二〇〇八年十一月）

ゴミと私

私は毎日ゴミの分別に忙しい。月曜から土曜までの六日間、分別したゴミを半透明の袋に入れる。そして近所十四世帯のために、用意された置場へ、朝七時半頃運ぶ。燃えるゴミ、燃えないゴミ、プラスチック容器、缶ビンの類を潰したり重ねたりして、きまった曜日に持っていく。

この頃ではやっと分別作業に慣れてきた。生きている限りゴミは生まれる。私とゴミは密接な関係で結ばれることになった。

家から五軒目に住んでいる山口さんは、ゴミに熱心な人だ。ちょうど家の前が置き場なので、じっとゴミをみつめて暮している。毎週月曜日に収集車がくると、清掃員が二、三の袋を解いて点検する。若し対象外のものが入っていると積み残していく。積み残しの無いように山口さんは気を使い、間違えた入れ方がしてあるとそっと入れ直しておく。定年を過ぎた夫と静かに暮し、彼女の趣味は花の世話である。パンジー、チューリップ、すみれなど、満開の花で庭は美しくふくらんでみえる。如露を片手に庭を歩く月曜日の彼女は忙しい。花とゴミの管理が重なるからだ。

四月から分別の規則が少し変った。ラーメンや納豆の容器が燃えるゴミではなくなった。回覧板の注意事項を見過ごした私は、曜日を間違えて出してしまった。チャイムが鳴って山口さんがやってきた。

今泉さんはうっかりしたのでしょう。例えば洗ってもとれないビニールなど、困る時があります。そんな時には新聞紙で別に袋を作り、目立たないようにして出しております。今日は袋を作って参りましたのでどうぞ使って下さい。

山口さんは手製の袋をさし出した。

ありがとうございます。

私は好意に感謝し、受けとった。ゴミの分別を通して私の性格は見られていたのである。恥ずかしい気持になった。

日々の自らの生活品も、必要なものは整理して保存し、不要なものは気付いたらすぐ処分する。これが簡単なようで思うようにいかない。今より少し筋目のついた生活を理想とするけれど、なかなか難しい。

朝、大きな袋をかかえて運ぶ時、いつか自身も袋に入れられて運ばれる日を思う。この世の入口に生を享けたので、きっと出口があるに違いない。

今日も清掃車が来て、ゴミを載せ走り去った。或る日、霊柩車が家の前にとまり、私を乗せて走り去るだろう。衣服も身体もすっかり解かれ、焼かれるだろう。何もかも無くなって、私はいない。すっからかんになるだろう。

昨夜おそった台風十一号が去り、今朝の空は洗われたように青い。太陽は東の海を持ちあげるようにして、中天へのぼっていく。

まぶしい陽の下を歩いていると、今まで忘れていた記憶が急に思い出され、視界が開けた気分になる。新しい意味をもって現れるのだった。

パンとぶどう酒

日曜日の教会は、信者の祈禱と聖歌によってはじまるが、最も心引き締まるのは聖餐式である。司祭はパンをとり感謝してこれを裂き、「これはあなた方の為に与える私の体です。ぶどう酒は私の血です。飲むたびにこれを記念して行いなさい」キリストが十字架にかかる前の夜の出来事を司祭は話される。

その司祭の手から信者にパンが渡され、ひとりひとりの信者にぶどう酒をすすめる手を見つめた時だった。私にははっと思い出す出来事があった。

二週間前にキリストの伝記映画を見てきた。スクリーンのキリストのパンの渡し方、ぶどう酒を人々に与える手つき、順序が教会の聖餐式と同じであった。二千年の長い歳月が経過したのに、少しも時が経過したと思われない。その不思議な印象に捉えられ、忘れる事ができなかった。

私が横浜に居を移す以前は、名古屋の郊外に住んでいた。名古屋では、三人の子供を育てそして巣立ち両親も見送ったので私には思い出深い土地である。近所の主婦は朝の仕事を済ませると、家族は茶の間に集まり抹茶を楽しむ。時には私も誘われて、隣りへ出かける。家族は茶の作法を心得て、お茶をいれる人の手先をみつめ待っている。饅頭を頂き、主人が手許のふくさで器を拭くと、竹の匙で抹茶を入れ湯を加える。パンとぶどう酒の時の順序や作法が同じなのだ。茶の作法は何故このように似ているのだろう。

私は四百年前に生きた千利休という茶の宗匠について調べてみた。

彼は豊臣秀吉に仕え、茶道ばかりでなく側近として信任の厚い人だった。利休の出世を快く思わない石田三成らの讒言で、彼は蟄居を言い渡され天正十九年切腹を命じられる。

辞世の歌

人生七十　じんせいしちじゅう
力囲希咄　りきいきとつ
吾這宝剣　わがこのほうけん
祖仏共殺　そぶつともにころす
提我得具足一太刀　ひっさぐるわれえぐそくのひとつ
たち
今此時天抛　いまこのときぞてんになげうつ

利休は当時禁制のキリスト教を秘かに信仰していた。教会の代りに茶室を建てた。そこでは、一切の武器を捨て日常から離れた所で、和の心で茶とお菓子を人にすすめた。愛の心を伝えたかったのだろう。残された辞世の歌を読むと、彼の深い信仰が偲ばれる。

お詣り

正月の三ヶ日を避けて、少し静かになった三河の豊川稲荷へ母を連れて初詣にでかけた。名古屋から一時間ほど東へ向って名鉄電車に乗り、終点の豊川稲荷で降りる。この辺では参詣客の殆んどが熱田神宮に集まるので、母が疲れないようにこちらを選んでやってきた。

参道には昔ながらの飴や面を売る店がぎっしり並んでいた。前方に見える四十米位かなたの拝殿に向って、香ばしいみたらし団子の醬油の匂いの漂う中をおびただしい人の群に押されながら、一歩ずつゆっくり進んだ。

父と母は亡くなり今では過去の人になった。しかし二十年前のこの初詣は、私に鮮烈な印象をとどめている。

初詣する前の年に両親は離婚したが、私と両親の関わりは途絶えることなく続いた。その為に父と母のそれぞれの生活に深く立ち入ることになった。

母は私の家へ引き取り、父は老人ホームで世話を受けることになった。私は父の様子を見るために時々ホームを訪れていた。

七十歳を過ぎて別れることは、両親にとって足許が揺らぐような大事であっただろう。私を頼ってきた母を慰めるために、豊川へ行こうと思い立った。

三河の地を踏むと、名古屋よりも風が強く、頬に痛い寒さを感じさせた。

上半身をビロードの黒いショールですっぽりと掩い、薄い肩を抱くようにして参道を進んでいく。二十米ほど向うに見えてきた拝殿は、戦火を免れ参拝人を見下すように石段の上にそびえていた。

母は神に何を願うのだろうか。今しばらくの平安な生活を望んでいるだろうと思った。

両親の別れ話が起きた頃、父はある宗教に入会していた。神様は女の人で岐阜県の関市を過ぎた山の御殿に住んでいた。神様の世話は男の人がするという。私は古代の神話の世界を想像したが、そんな夢のような宗教ではなかった。父は母との生活を犠牲にしてその神様に尽くしたいと言いだした。家族の忠告も無視して自分の年金証書まで捧げていた。

霊験あらたかなご利益のあると言うネックレスがみかん箱に詰められ神様から送られてきた。それを売ることが信者の仕事になっていて、私の友人にもすすめてほしいと言ってきた。その申し出を断った時、初めて見る父の憎々しい眼差しにたじろいだ。

当時、実家の商売が不振で、借金の返済を迫る人が押しかけてくる生活を私は知っていた。母から別れ話が切りだされた時、逃避の手段として一時的に父は同意したのではないかと私は思っている。

宗教に溺れていく父をみているうちに、私に一つの覚悟ができてきた。母を守らなければならないという覚悟だ。宗教に入会した理由も、信仰により神に近づくと見せて、神の身代りとなって御殿に住む日を夢みていたのかも知れない。

拝殿の鈴を鳴らし、ようやくお詣りをすませると背後につながる道の両側には、赤や白の幟り旗が数えきれない程つづいて、風に煽られている。「家内安全」「合格祈願」と人々の祈りの言葉を読みながら、ゆっくり歩くのが私は好きだ。

幟り旗が終るところから風が強くなり髪があらぬ方へなびいてしまう。風を除けようと松林の中に入ると、岩山に石像の白い狐が百匹近く様々なポーズで休んでいる。等身大よりやや小さめの狐達はこの社では神の使いである。参詣客が狐を背景に妻や子の写真をとっている。微笑ましい風景をみていたら、背後にふと視線を感じた。

振り返ると、石像の狐の傍に別れた父が立っている。思わず声を上げそうになった。

父は私をちらりと見て、すぐに母の後姿に目を移した。父の連れの人に気付き、見ると髪に白い花を挿している。傍の狐にみとれていて私に気付かない。とっさにこの場から母を隠したくて、肩を抱き急いで通りすぎた。一瞬の出来事であったが、母も女の人も気が付かなかったことにほっとしていた。父は母から目を放さず後姿をじっと見送っていた。その執拗な眼差しを背中に感じながら足早に離れていく時、父と母の間を数百本の幟り旗をはためかせて、風が音たてて過ぎていった。

父と一緒にいた人は誰なのだろう。数ヶ月前に見知らぬ女の人から電話があったことを思いだした。柔らかい美濃言葉で、

「娘さんのきょう子さんでしょうか。お父様の世話になっております。亡くなった私の父親によう似とんさって」。

その時、何と答えてよいのか言葉を失っていた。不意に不快感がこみあげ、嫉妬心が一筋の電流となって全身を貫いた。素気なく電話を切ってしまった。

髪に白い花を挿した人は電話の主かも知れない。娘の私より若く思われる人の親しそうに呼びかける声が、耳元にからまったまま消えることはなかった。

帰りの電車は夕日に向き合って走った。頬を明るく染めながら母は話しかける。

「露店のテーブルで食べたつぐみの焼鳥は美味しかったわ。甘みのある肉と柔らかい骨の感触が好き、それから少し注いでもらった熱いコップ酒も」。

私はだまって頷いた。座席に身を沈めながら父のことを思っていた。かつて養子にきた父は財産相続人になるために母と結婚したのかも知れない。今の私には結婚の目的を問う気持はない。私は赤ん坊の時から父を探してきたように思う。そしてその旅は目を閉じる日まで続くのだろう。

目に見えて色褪せていく冬の太陽を、母は驚きやすい目で見入っていた。

いざフランスへ

　フランスに出立する朝、家中の戸締りを確かめる。京成電車で成田空港へ到着。更にフランス・ドゴール空港まで十二時間の空の旅が続いた。

　フランスでは日本の書道の愛好家が多く、日本に展覧会の依頼をしてきたという。書燈社のMさんは書家百人の作品の依頼を受け、私の創作した詩が含まれているという連絡を私は頂いた。私はぜひパリの街を見たいと思い、新聞社主催のツアーに参加することにした。フランスでは作曲家ショパンが亡くなって百年になるのを記念して、彼にかかわる作品を希望すると聞いた。それで私の作品を喜ばれたと連絡を受け、ほっとした。

ショパンよ

春は上げ潮の波にのって
私の指先に息をふきかける
ピアノの蓋を開く
いつもの角度に指を曲げ
肩の力を抜こう

鍵盤から噴き出す選ばれた音
選ばれぬ音は
十本の指の谷間で目をさます
耳を研ぎ　耳を立てる彼等は
私の大切な聴衆だ

聴く人の夢を充たすために
音楽があるのなら
選び捨てた夥しい白鍵と黒鍵のために
私は弾きたい

彼等の沈黙が
音楽を支えるのだから

ショパンよ
あなたは譜面から抜けだし
一瞬すがたを現す時がある
快活な微笑を残し
消えやすい人だ

時　二〇一三年十月二十日~翌年三月まで
所　パリ国立ギメ東洋美術館

美術館で展覧会の開かれた日に、Mさんの作品をみつけ、優美な書体に見入った。彼に近づいて、立派な作品にして頂き、有り難うございましたと礼を述べた。作品の細かい描写に傷をつけていないだろうかと心配しましたと言われ、私は驚いた。Mさんの筆によって作品の味を色濃くして頂いたと思いますと答えた。彼の頬に涙が滲んだのを見て、この人に書いてもらったことを感謝した。

ブルターニュ半島の近くに聳える壮大な修道院モンサンミシェルは有名な観光地である。花崗岩の島の周囲は九〇〇メートル、高さ八八メートルの岩の上に城のように建つ。十世紀に修道院として使われたが、非常に堅固な建物なので戦争時の要塞としても用いられるようになった。すべて大きな石造りなのでピラミッドを思わせる。石の厚みは九〇センチ以上あるから、イギリスとの百年戦争にも落ちることはなかった。このモンは岩山の意。サンミシェルは聖書の中の軍団長の名である。銅像は鐘楼に聳える。百年戦争に勝った建物は、フランス国家の誇りを象徴する場所になった。

朝早くから観光客は各国から絶え間なくやってくる。千年前の石の階段を彼等と一緒に登る。掃除が行き届き、修復は現在もつづく。海の上の島に建っているから、水も沢山の石も食べ物も建材も本土から運んでこなければならない。大勢の巡礼者が絶えずやってくる。今では海に土手の道ができて便利になったが、水が上昇して溺れる巡礼者もあったという。水の無い処なので、雨水は屋上の屋根から樋に沿って一階の水がめに保管される。

回廊によって部屋はつながり、修道院の附属教会、僧達の食事室、寝室、厨房とつづき、迎賓の間だけ暖炉があった。壁も床も天井も机も椅子もすべて石造りで、秋の晴れた日に訪れたが、どこか寒々として暗かった。この古い壮大な修道院に今も修道士七人、尼僧五人が暮している。歴史的建造物の中と現代の生活様式とは大きな相違があるけれど、彼等にとってそれは宗教上の勤めとして納得しているのだろうか。

フランス革命が一七八九年七月十四日に起きた。政府の要人は捕えられ、この修道院は牢獄になった。内部の附属教会は天井の高さが九メートルもあり、今もぶら下っている大車輪は政治犯の食料を運ぶ道具だったという。

ルイ十六世と王妃のマリー‐アントワネットは獄につながれ、一七九三年に処刑された。

モンサンミシェルは、歴史が変るたびに姿を変えた。国の要塞から修道院、牢獄、再び修道院へと移り変ってゆく。一つの場所を訪ねながら、フランスの変化に富んだ歴史を、様々に想像することのできる旅であった。

私達を乗せた観光バスは、いつのまにかコンコルド広場に停っている。ここはマリー‐アントワネットが処刑された所である。暗い過去の雰囲気は消え、赤い花の咲く明るい公園に変っていた。金髪の少女が、秋の陽を全身に浴び公園を走り去るのを、車窓から見ていた。彼女は陽の光にだんだん溶けて、幻のように見えなくなった。

解説

はじめに

高田敏子

今泉協子さんを存じ上げたのは、昨年（五十八年）四月から、朝日カルチャーセンターの現代詩の講座に入られたことからでした。

第二、第四火曜日の教室でお会いして来て一年半ほど、作品を拝見して来た年月としてはまだ浅いといってよろしいでしょう。

個人的にも教室でお話する程度で過ぎて来たことを思いますが、今泉さんは、大変女性らしい美しい方、柔らかなふんいきの中に、デリケートな感覚と才気を秘めていられる方に思われます。

作品も、そのお人柄を思わせる、感覚的な、不思議な世界を持たれているのでした。

私がいままでに教室で拝見して来た作品の数は十篇ほどではなかったかと思いますが、この度、詩集出版のご相談を受けて、詩歴も長くいられることをうかがいました。そして以前からの作品をまとめて拝見し、そのかなりの厚みの原稿を次々に読み進み、全部最後まで読んでしまったことに、私自身ちょっとびっくりしてしまいました。

行数の多い作品もあり、三十篇もの詩を、普通は一気に読み切れるものではないですが、今泉さんの詩は、実に自由な展開があって、スリルのあるドラマチックなたのしさを与えてくれました。

今泉さんは、いずれ小説も書かれるのではないかしらと、そのようなことも思いました。

第一詩集『海の見える窓辺で』、ご出版を心からおよろこびいたします。

今日は七夕、ご健筆を祈って、まとめました。

昭和五十九年七月七日

（詩集『海の見える窓辺で』序文　一九八四年九月）

父性へのいたわり

——この詩集への雑感

安西　均

さまざまな言葉のなかで〈地名〉の持つ力は大きい。地名は私たちの想像力を掻き立て、豊かにひろがらせる。

文芸に関して言えば、和歌における〈歌枕〉の伝統があった。先人によって和歌に詠み込まれた地名は、後人にとって一種の聖なる土地として懐かしまれ、憧憬《しょうけい》されてきた。よく知られた例に、松尾芭蕉の「おくのほそ道」という大旅行は、景仰する先人・西行などの歌枕を訪ねることでもあった。今では俳句の世界に〈俳枕〉という言葉さえできた。

このようなことから書きはじめたのも、ほかではない。今泉協子さんの、このたびの詩集の表題が『能登の月』になるときいて、ただそれだけで、えも言われぬ懐かしさが胸にひろがるのを抑えがたかった。私は〈能登〉という土地を、ただの一度も通りすぎたことさえないのに、である。

地図で見る〈能登〉は、左の掌を握るほどもなくゆるく曲げて、日本海に突き出した恰好をしている。そして拇指と人指指のあいだにできるのが七尾湾《ななおわん》というわけで、その南岸に〈七尾〉という街がある。

能登の七尾の冬は住みうき　　野澤凡兆

凡兆は私の好きな江戸元禄期の俳人で、芭蕉門下の逸材のひとりであった。この句は、俳諧のアンソロジー『猿蓑』のなかの「夏の月の巻」にある。

もうくどく言うまでもあるまいが、私が〈能登〉という地名を目にし耳にしただけで、とっさに思いうかべてしまうのが、この句にほかならないのである。

凡兆という俳人の出自や経歴には不明なところがあるが、金沢の出身だそうだから、能登の七尾を訪れたことがあるかも知れない。その土地を、なぜ「冬は住みう〈憂〉き」と嘆じたのかは知るよしもないが、後年の凡兆は師・芭蕉から離れてゆき、ある事件に連座して入獄したこともある。それを思い合せると、何やら自分の晩年の〈憂さ〉を先取りしているような趣さえある。

ついでに言っておくと、右の句に師が付けたのは、

能登の七尾の冬は住みうき
魚《うを》の骨しはぶる迄の老《おい》を見て　芭蕉

＊

さて、今泉さんの作品について語らねばならないはずのものが、前書きばかり長くなった憾《うら》みがある。

表題の『能登の月』は、むろん同題の作品（16ページ）によるわけだが、それは「両親の離婚届けをすませた」作者が、老いた父を伴い、能登の海辺の古い宿で、夕食の膳に向かい合う情景を描いたものだ。「父との旅も最後だろう」と思いながら。

これが能登のどこかは書かれていない。むろん、私が前書きで書いた七尾なんかではないだろう。（ただし、読者の特権として、私が七尾を想像しても許されるだろうが）。

この父君は、ほかの作品にも現れる。『お詣り』（22ページ）の十年目の偶然な再会。そればかりか『古いレインコート』（8ページ）では、別れたはずの家族のところに、夜更けの金の無心に訪れたりする。

また、前詩集『海の見える窓辺で』では、出産のため入院している作者のもとにも、金を無心にきた。その折の会話「お前の退院までに必ず返すから　頼むよ」「いやだわ　入院費だわ」「ほんの二、三日だよ」「一年間ためた貯金よ　困るわ」。結局、通帳と印鑑を渡してやるが、ついに父君は病院には来なかった。

言わせてもらうなら、これは〈無頼の父親〉であろう。だからとて、私はこの父親像を詰《なじ》ることも蔑《さげす》むこともで

きない。むしろ胸に滲《にじ》んでくるものがある。それは、私がこの父君と同性だからという理由からではなく、父と子という血縁の深い不思議に搏《う》たれるからなのである。

そのことを今泉さんは、前詩集のあとがきでこう書いている。


（前略）流れて行く時間の中に私を含めて私を取り巻く人達を、言葉を通して作品の中に浮かび上がらせることができるのは、私にとって大きな喜びでございました。

幼い時から今日まで思い返してみますと忘れることのできない人は父でございました。このつながりを不思議なめぐりあわせと思っております。（後略）

この父君は、出産まぎわの娘に金の無心にきて、まもなく亡くなった。「夏枯れの波打際に　父の靴が揃えてあった」そうである。

さて、前掲のあとがきのなかで「私を取り巻く人達」うんぬんと書いているが、その人達のひとりに舅、つまり婚家の父親もいる。

『夜の部分』（34ページ）によると、その舅は幼くして継母に育てられ、自分の下着の洗濯や繕い物を自分でするよう仕付けられた。そのため結婚しても妻に下着をさわらせない習癖を身につけてしまった。

その舅も、やがて身まかる。『すすき野』（18ページ）では、「生涯を終えたふとんを片付ける／たたみの床は／指が入るほど腐っていた／水が土に還っていったのだ」と描かれている。

死者はすすき野のすすきのように軽くなって、風に吹かれている。しかし、作者と断絶してしまったわけではない。

それに比べると、九十歳になった姑を描く『昼寝』（32ページ）では、銀行預金通帳に異常なほど執着する姿を見て、「私の胸に抱いている姑はがらがらと崩れていく」という。

以上のごとく、実父にしろ、義父にしろ、今泉さんは

〈父性〉というものに対する労《いたわ》りが深い。父性とは、母性と違って〈産む性〉ならぬ永遠に孤独な存在だろうと私は考えているが、その孤独を透察するところから、これら幾つもの作品を書きえた気がする。

前に引用した凡兆と芭蕉の付合いの句を、あえてもじって言えば、能登の七尾の冬住いよりも憂きものこそ、父性の一生なのかも知れない。そして、老いさらばえ、魚の骨をしゃぶっているしか能はない。

されぱこそ、今泉さんの作品から溢れでてくる、いたわり心がひとしお胸にしみるのである。

(詩集『能登の月』跋文 一九九二年九月)

台所に匂い立つ「詩」

油本達夫

今泉協子さんの詩集について、いくつか。

彼女の詩集『コンチェルトの部屋』(二〇〇四年・山脈文庫発行)と『天使のいる庭』(二〇一一年・詩画工房刊)の二冊について。一九九二年の詩集『能登の月』で今泉さんは第二十五回横浜詩人会賞(一九九三年度)を受賞している。その時の選考委員の一人が私であった。かなり古い話になるのだが、選考委員長が二関天氏。委員の中にはすでに長老の山田今次氏もいて、どんな選考会になるか、楽しみでもあった。しかし、日程を勘違いした二関氏の大遅刻もあって、拍子抜けするほどあっさりと、彼女と西村冨枝さんのダブル受賞が決まった。

何か、今泉さんには人を柔らかくもみほぐしてしまう明るさと屈託のなさがあって、賞というものの運をするっと手に入れた、という印象があった。

その後「山脈」に属して精力的に詩を発表してきているが、一貫しているのは、どこまでも生きることを明るく肯定し、人間を肯定し、他者とモノへの自分の共感、共鳴を追い求めようとする姿勢だろう。時に、平凡な抒情に流れるきらいもあるが、ここ数年、ようやく彼女の感性の針の方向性が、定まってきているのではないかと感じる。それは、同じ台所から書かれた詩であっても、時代や世界としっかりと結びついて、その深みを、日常のありふれたものの形を借りて表現しようという、柔らかい意志のようなものなのだろう。

長い間私は知らずにいたのだが、彼女は「野火」の出身だということである。そのことで、納得されるところが大いにあった。「現代詩の家庭菜園化」と揶揄されてきた「野火」から詩の出発をして、おそらくはその微温的な位置に飽き足らずに、「家庭菜園」から本格的な農業へ、もう少し広い現代詩の世界へと、自分の詩の世界を広げてきたのだろう。したがって、この二つの詩集は、その意味で過渡的な矛盾に満ちているといっていいだろう。身近な題材を取り上げながら、彼女の詩想は、もっとふかいところ、もっと広いところへ飛ぼうとしている。平凡な日常の描写の向こう側を、もっと見てみたい、もっと表現したい、という意欲があふれている。そのことは「老い」を扱った詩に著しい。友人や家族の、その生と死のはざまを彼女は幾度も経験しながら、平凡な「老い」の結末をただ並べ立てて、こころやさしい「諦念」へむかうのではなく、生と死の、その手前と向こうを、彼女は凝視している。そこをもっと深めて欲しい、と思うのはいささか酷だろうか。

人生の後半に至って、詩人たちは、枯れた、それだけに物事の本質を抉る、鋭い言葉を獲得する。その位置に立って、今泉さんがさらに新しい詩の世界を見せてくれることを楽しみにしている。

「生」が輝く瞬間
——今泉協子『光から届く声』を読む

柴田千晶

今泉協子さんは詩を書くことにとても貪欲な人だ。好奇心と探究心に溢れている。詩の題材は身近な友人、海外に暮す人々、動物、自然、社会的な出来事、歴史、宇宙と実に幅広い。様々な題材を元にして今泉さんが描いているのは「生の輝き」である。暗いシーンや辛い状況の中でも「生」が輝く瞬間がある。今泉さんはその瞬間を見逃さない。

前詩集『天使のいる庭』（詩画工房）は、東日本大震災の後に編まれ、同年一一月に刊行された。その直前の九月に今泉さんはご主人を亡くされた。「あとがき」の最後に「関東の地に生きる私は、生活の中で時間の中でものを見る目が少し変っていったと思う。災害に遇う事はなかったが、暮らしににじみ出てくる孤独の一齣を詩に閉じこめて書いてみたいと思った」とある。その思いが、この度の『光から届く声』に結集されている。

この詩集は三部構成。I章には日常の風景から《孤独の一齣》を掬いとった作品が並ぶ。巻頭「貝殻の中」は、砂浜で拾った巻貝の中に時の移ろいを見る。貝殻の小部屋から、かつて暮した小さなアパートを連想してゆく。

むかし小さなアパートに世帯を持ち
男の子を生んだ
まるまる太った腕に手を添え
スプーンにひかりを充たして
口へ運ぶ

このシーンは美しい。生きることに必要なのは、スプーン一杯ほどの〈ひかり〉なのだと今泉さんは言っているようだ。

愛犬メリーの死を描いた「鈴の音」では、〈夕焼雲へ一目散に走り去った〉メリーの姿を〈食塩のように白かった〉と喩えている。ここにも小さな〈ひかり〉がある。この生活感のある比喩に、対象への思いの深さが感じられる。

「晶子と牡丹」は、与謝野晶子が八十年前に立ち寄った料亭の戸棚の中から、晶子の新しい歌が発見されたという新聞記事から始まる。今泉さんは若い頃、その料亭のすぐ近くに住んでいた。晶子の〈くれなゐの牡丹咲く日は大空も地に従へるここちこそすれ〉という一首と、今泉さんの記憶の中にある〈織物の盛んな街だった／女工で賑やかだった／彼女たちも散り／日光川は黒く濁る〉という街の体臭に出合い、この作品は生きた詩となった。知識と実感が巧く嚙み合った時に、詩は絵空事ではない力を持つのだ。

また今泉さんは若い頃、ホテルのフロントで働いていたという。「墨染の衣」は、そこで目撃した僧侶と尼僧の密会を題材にしている。〈私の中の一番深い処で／私と抗い難い欲望の塊が／激しく鬩《せめ》ぎあうのだ／生きる限り／私も墨染の衣につながれて／鬩ぎあうのだ〉と正直に告白する。聖も俗も自分の中にあるという、これは激しい作品だ。

「あなたは誰」は人間の不気味さが滲みでた作品。潜水艦「しんかい２０００」の窓から、海底に沈むマネキンの女の首を見つめている今泉さんがいる。〈髪の毛は抜け／緑の海藻が額にたれる〉化物のようなマネキンの顔は、見れば見るほど〈私にそっくり〉だと思う。〈欲望を昏く秘めながら／ビニールのゴミ袋の上に／じっと居坐る／あなたは誰？〉と、今泉さんは問いかける。凄みのある作品。

Ⅱ章は主に海外を旅して出会った人々や風景が題材になっている。「スコットランドの小さな眼鏡店」では、旅先で飛びこんだ眼鏡店の主人との交流を描く。出来上った眼鏡で最初に見たのが「鬱」の字というユーモアが光っている。「ネアンデルタール人は野菜好き」など軽妙な作品も楽しい。

「いざフランスへ」は、散文の間に、〈ショパンよ〉と呼びかける行分詩が挿入されている。今泉さんはピアニストでもある。〈選び捨てた夥しい白鍵と黒鍵のために／私は弾きたい／彼等の沈黙が／音楽を支えるのだから〉という詩行に共感した。この思いは詩を書く行為とも重なる。このエッセイは、マリー・アントワネットが処刑されたコンコルド広場で終わる。今泉さんは、そこに秋の陽を全身に浴びた金髪の少女を登場させる。少女は陽の光に溶けて幻のように消えてしまう。ここにも「生」の輝く瞬間が描かれている。

Ⅲ章では最も身近な家族の死と向きあっている。娘のように私に甘える「おむすびのような母」、父のように私を見下ろす「月あかり」には、悲しみを超えた後の安らぎが充ちている。

夫の死を見つめた「在りし日の彼の微笑」には、まるで悲しみを凍らせたような硬質な抒情が描かれている。川崎臨海副都心の工場夜景と夫の肺癌の手術のシーンを重ね、溶け流れる鉄と肉体を融合させた。製鉄所の裂け目から幾千もの魂が飛翔してゆくシーンは圧巻である。

再びプラントの瞬く夜景に目をやる
製鉄所は崩れ　裂け目から
幾千の魂が目覚める
光を溜めて空へのぼる
糸のついた風船が放されたようだ
静かに降りてくるのは
在りし日の彼の微笑の顔だ

表題作「光から届く声」は今泉さんの自伝的散文詩。子供の頃、隣の家に雷が落ち、今泉さんの体内を電流が通り抜けていった。その雷体験から、戦争の記憶、父母の思い出、夫との穏やかな生活を回想してゆく。やがて夫は肺癌を患い、闘病の末に他界するのだが、命が尽きようとする夫に、今泉さんは〈貴方の命がこの世にあっても、あの世に逝っても私には同じことです〉と告げる。

たとえ肉体が消滅しても、あなたはずっと私と共にあるのだと。

その夜、今泉さんは眩しいほどの光に包まれ、神の声を聞く。〈それでいいのです、あなたの信仰は間違っていない〉と。この光から届いた声が、幼い頃に遭遇した雷の強い電流のように体を貫いてゆく。この声は神の声であると同時に、夫の声でもあったのだろう。「死」に向かう夫の「生」が最後に輝いた瞬間だったのだろうと思えてならない。

今泉協子年譜

一九三四（昭和九）年　名古屋に生まれる。

父　高橋新作　岐阜県武儀郡下之保村出身。

母　いつ　愛知県岡崎市六供町出身。

一九五五（昭和三十）年　名古屋金城学院大学英文科卒業。

一九五八（昭和三十三）年　五月　今泉正夫と結婚。名古屋市昭和区に住む。

一九七四（昭和四十九）年　名古屋朝日カルチャーセンター詩の教室（講師　平光善久先生）に入る。

一九八〇（昭和五十五）年　横浜朝日カルチャーで高田敏子主宰の詩の教室に入会　日本詩人会入会。

一九八四（昭和五十九）年　九月、詩集『海の見える窓辺で』花神社刊行。

一九八六（昭和六十一）年　夫の転勤の為横浜市金沢区能見台三―一〇―八に転居。

一九九〇（平成二）年　筧槇二主宰の詩誌「山脈」に入会。

一九九二（平成四）年　九月、詩集『能登の月』花神社刊行。第25回横浜詩人会賞を受賞。

二〇〇〇（平成十二）年　九月、日本現代詩人会入会。

二〇〇四（平成十六）年　七月、詩集『コンチェルトの部屋』山脈文庫刊。

二〇〇八（平成二十）年　十一月、詩集『蔦の這う家』山脈文庫刊。

二〇一一（平成二十三）年　夫、正夫肺癌のため死亡。十一月、詩集『天使のいる庭』詩画工房刊。

二〇一四（平成二十六）年　十二月、詩集『光から届く声』土曜美術社出版販売刊。

二〇一五（平成二十七）年　七月　横浜詩人会賞の選考委員を依頼される。

新・日本現代詩文庫 128 今泉《いまいずみ》協子《きょうこ》詩集

発行 二〇一六年五月二十日 初版

著者 今泉協子
装幀 森本良成
発行者 高木祐子
発行所 土曜美術社出版販売
〒162-0813 東京都新宿区東五軒町三―一〇
電話 〇三―五二二九―〇七三〇
FAX 〇三―五二二九―〇七三二
振替 〇〇一六〇―九―七五六九〇九
印刷・製本 モリモト印刷

ISBN978-4-8120-2297-9 C0192